# 여섯 영혼의 노래, 그리고 가수

# 여섯 영혼의 노래, 그리고 가수 8

킹묵 장편소설

초판 1쇄 찍은 날 § 2018년 9월 17일
초판 1쇄 펴낸 날 § 2018년 9월 24일

지은이 § 킹묵
펴낸이 § 서경석

총괄팀장 § 최하나
편집책임 § 이종식
편집 § 김경민

펴낸곳 § 도서출판 청어람
등록번호 § 제387-1999-000006호
등록일자 § 1999. 5. 31
어람번호 § 제1-2958호

주소 § 경기도 부천시 부일로 483번길 40 서경B/D 3F (우) 14640
전화 § 032-656-4452 팩스 § 032-656-4453
http://www.chungeoram.com
E-mail § chungeorambook@daum.net



ISBN 979-11-04-91832-2 04810
ISBN 979-11-04-91686-1 (세트)

8

킹묵 장편소설

# 여섯 영혼의 노래, 그리고 가수

도서출판 청어람

FUSION FANTASTIC STORY

여섯 영혼의 노래,
그리고 가수

-Contents-

# Chapter 1

## 조셉 부부 I

윤후는 조셉 부부가 어떤 생각으로 시간이 되느냐고 묻는지 알았다.

제이콥에게 들은 재즈 페스티벌에 자신과 함께하려고 묻는 것이다.

내심 끌리기는 했지만, 재즈 페스티벌이면 재즈를 좋아하는 사람이 많이 올 텐데 잘못하면 자신이 그 행사를 망치게 될지도 모른다는 생각이다.

물론 연주에는 자신이 있었지만 윤후도 자신이 얼마나 인기가 있는지 몇 번의 공연과 TV나 인터넷을 통해 알고 있었다. 뉴스에까지 자신의 행보가 소개되는데 모를 리가 없었다.

그리고 무엇보다 앨범 순비도 해야 했고, 그러려면 딘을 찾아야 했다. 윤후는 자신을 바라보는 조셉 부부를 보며 입을 열었다.

"전 좀 곤란해요."

"왜? 이렇게 굉장한데요?"

윤후가 더 대답하지 않고 입을 굳게 다물자, 윤후의 연주에 충격을 받아 아직까지 멍해 있던 조셉이 정신을 차리고 말했다.

"그럼 일단 연주나 마저 해봐요. 내가 연주한 거 말고 이번엔 그쪽이 마음 가는 대로."

윤후도 그 정도는 무리가 없을 것으로 생각하며 고개를 끄덕였고, 조셉은 그런 윤후를 바라봤다.

간혹 믿기 힘들 정도의 천재가 있기는 하지만, 그 천재들도 한계가 존재했다.

그렇기에 단지 듣고 외우는 정도가 다인지, 아니면 정말 천재가 맞는 것인지 자신의 귀로 확인하고 싶었다.

그런 생각으로 윤후를 보자 천장에 뭐가 있기라도 하는지 천장을 보며 눈을 깜빡거리고 있었다.

잠시 뒤 윤후의 입이 열렸다.

"그럼 블루스로 시작해서 스윙으로 넘어가 볼게요."

조셉은 마음대로 해보라는 듯 어깨를 으쓱거리고는 자넷에게 따라갈 준비를 하라고 손짓했다.

그때 윤후의 연주가 들려왔고, 그걸 들은 조셉은 어이가 없었다.

자넷 역시 느낀 모양인지 약간 긴장한 얼굴이었다.

윤후의 연주는 처음에는 굉장히 화려했지만, 두 사람을 한 번씩 쳐다보고 난 뒤에는 연주를 드러낸 듯 듬성듬성 들려왔다. 그리고 조셉은 그것이 무엇을 의미하는지 알았다.

그 빈 곳을 채우라는 무언의 압박이었기에 조셉은 기가 막힌 듯 헛웃음을 짓고 따라불기 시작했다.

윤후의 비어 있는 곳에 어울릴 만한 연주를 하고 있던 부부는 연주를 하면 할수록 놀라 자빠질 지경이었다.

정해져 있지 않은 연주이기에 분명 자신들이 연주하는 멜로디나 코드에 따라 다음에 이어질 멜로디가 바뀌어야 정상인데, 자연스럽게 벗어나려는 진행을 원래대로 돌려놓았고 자신들도 모르게 그걸 따라가고 있었다.

게다가 그루지한 블루스에서 스윙으로 넘어갈 때는 소름까지 돋았다. 언제 넘어간 줄도 느끼지 못했다.

그저 따라가다 보니 어느덧 자신의 손이 신나게 윤후에 맞춰 연주하고 있었다.

그러던 중 차츰 따라가기 힘들어지기 시작했다. 실력적인 문제가 아니라 너무 많은 나이 탓에 체력이 따라오질 못했다. 그리고 그때, 윤후가 다행히 연주를 멈췄다.

"힘드신 거 같은데 그만할까요? 박자가 밀리시네요."

"허 참, 내 연주를 신경 쓰면서 그렇게 빨리 달리나? 조금만 젊었더라도……."

조셉은 자신의 연주까지 지적하는 윤후의 말이 기가 막혔다.

요즘 유행하는 음악을 하는 친구들은 악기를 연주하기도 하지만 대부분 미디에 의존하는 경향이 많았기에 어느 정도 연주를 하나 궁금했을 뿐 자신의 밑천이 드러날 것이라고는 생각도 못 했다.

자신도 아내인 자넷처럼 재즈 페스티벌에 윤후와 함께 서고 싶은 마음이다.

* * *

앤드류는 론을 데려다주고 돌아오는 길에 기다리던 연락을 받았다.

후아유의 '어때?'를 수록곡으로 싣는 데 허락하는 전화였다.

다른 곡이야 윤후가 혼자 연주하고 녹음하기에 문제가 되지 않았지만 '어때?'란 곡만큼은 윤후의 곡이 아니었기에 걱정하고 있었는데 잘 풀리는 것 같아 다행이라 여겼다.

게다가 새로 녹음해야 될 루아와 제이가 현재 미국에 있었다. 하지만 한국에서의 일정도 있었기에 다른 녹음보다 '어때?'를 우선적으로 하는 것이 좋을 듯싶었다.

윤후에게 의견을 물으러 바쁘게 스튜디오로 향했다.

그리고 스튜디오에 도착했건만 어디를 갔는지 항상 있는 2 녹음실에 윤후가 없었다.

제이콥 또한 보이지 않았기에 녹음실을 나와 걱정스러운 마음에 전화를 드는데, 옆에 있는 제일 큰 녹음실에 불이 들어와 있는 것이 보였다.

걸음을 옮겨 문을 살짝 열자 찾던 윤후가 보였다. 자신도 알고 있는 사람들과 함께였다.

앤드류를 본 사람들은 가볍게 인사를 하고 다시 윤후에게 질문을 던지고 있었고, 그 모습을 지켜보던 앤드류는 제이콥을 쳐다봤다.

그러자 제이콥이 앤드류에게 어떻게 된 일인지 설명해 주었다.

앤드류는 지금의 상황에 헛웃음을 터뜨렸다.

앤드류도 조셉 부부를 알고 있었다.

그들이 원하지 않아서 MfB에 소속되어 있지는 않았지만, 계약 얘기를 꺼낸 적이 몇 번이나 있었다.

대중들에게 인지도는 높지 않았지만, 재즈를 하는 사람이라면 조셉 부부가 얼마나 대단한 사람들인지 알고 있었다.

그런 조셉 부부가 윤후에게 조르고 있었다.

다시 한번 윤후가 얼마나 대단한지 실감이 났다.

윤후를 뿌듯하게 지켜볼 때 윤후가 조셉 부부에게 양해를 구하고 자신에게 다가왔다. 그러고는 팔을 잡아 이끌고 녹음실 밖으로 나왔다.

"저 재즈 페스티벌에 가면 안 되겠죠?"

"음, 'Wait'나 'Lon'을 재즈로 편곡하실 겁니까?"

"그건… 편곡하면 가도 돼요? 그냥 저 할아버지, 할머니하고 연주해도 되나 싶어서요. 가고 싶기는 한데… 사람들이 많이 몰릴 거 같아서 걱정스러워서 물어보는 거예요."

"맞습니다. 축제에 참여하는 관객들이 상당합니다. 그리고 그것보다 후 씨는 'Wait'를 제대로 활동하지 않으셨기에 편곡을 하면 사람들이 재즈 버전을 원래의 버전으로 오해할 수도 있습니다."

윤후도 안 될 거라는 걸 알고 있었지만 아쉬움에 물어본 것이었다. 앤드류도 윤후의 부탁이라면 웬만해선 들어주었지만 이번은 무리가 있었다.

아쉬워하는 윤후에게 미안한 마음이 들었다. 그리고 그런 윤후의 아쉬움을 달래주려고 오면서 들은 얘기를 꺼냈다.

"라온에서 '어때?'를 앨범에 담는 걸 허락했습니다. 언제 녹음하는 게 편하십니까?"

윤후는 거절하리라고는 전혀 생각지 않았기에 당연하게 받아들였다.

그러고는 언제 녹음을 해도 상관없었기에 제이와 루아에게 전화를 해보고 결정해야겠다고 생각했다.

"제가 전화해 볼게요."

"네, 통화하시면 저희가 초청하는 거라서 준비를 해야 하니 저한테 미리 말씀해 주셔야 합니다."

윤후는 고개를 끄덕거리며, 좋아할 제이를 떠올리다가 문득 좋은 생각이 들었다.

윤후는 앤드류와 대화가 끝남과 동시에 조셉 부부가 기다리는 녹음실로 들어가 다짜고짜 질문을 던졌다.

"혹시 저 대신 다른 사람을 추천해 드릴까요?"

"음? 실력은… 그쪽만큼은 아닐 게 분명하고… 기타리스트?"

"아니요. 보컬도 하고 드럼도 쳐요. 록밴드였기는 한데… 드럼 실력은 좀 전에 들은 조셉 씨보다 잘 쳐요. 어떨 때 보면 박자 감각이 저보다 좋을 때도 있어요."

"록밴드 드러머라… 맞추기 어려울 텐데……."

조셉은 자신보다 잘 친다는 소리가 거슬렸지만, 그래도 조금 전에 충격을 준 윤후가 칭찬하니 궁금해졌다.

자넷에게 고개를 돌려 의견을 물었다.

"지금 들어볼 수 있나요?"

"지금은 곤란하고요, LA에 있거든요. 곧 제 앨범에 수록될 곡 도와주러 뉴욕으로 올 거에요."

"그래요?"

조셉 부부는 윤후가 그 사람을 칭찬할 때보다 더 믿음이 갔다.

이미 윤후의 실력이 굉장하다는 것을 확인했고, 그런 앨범에 참여한다는 말은 실력이 보장되어 있다는 소리이다.

"그래도 우리가 시간이 없는데 내일모레는 볼 수 있나요?"

"제가 그때까지 오라고 말해볼게요."

* * *

라온의 사무실에 있는 김 대표는 일하는 직원들을 둘러봤다. 그러고는 약간 걱정이 있는 듯한 얼굴로 동그라미가 그려진 달력을 바라봤다.

아직 시간이 남았지만 김 대표가 보고 있는 5월 달에는 제이의 첫 솔로 데뷔가 잡혀 있었다.

윤후가 가고 난 뒤 회사에서 처음으로 활동하는 가수가 제이였다. 그 뒤를 이어 달마다 루아를 비롯해 윤송까지 잡혀 있었다.

그렇기에 첫 단추이기도 한 제이의 앨범이 신경 쓰였다. 루아나 윤송은 이미 솔로 활동을 해봤기에 덜했지만 제이는 아니었다.

후아유로 '어때?'를 발표하긴 했지만, 지금껏 한 번도 활동을 안 했기에 제이의 인지도는 한국은행의 CF에서 엄지를 내미는 사람으로 인식되고 있었다.

CF 모델을 할 때까지만 해도 좋았는데 CF가 너무 빛을 보다 보니 일어난 일이다.

김 대표가 고민스러움에 한숨을 뱉을 때 전화가 울렸다.

"어, 그래. 너 요즘 자주 전화한다?"

—네, 그것보다 제이 형 좀 빌려주시면 안 돼요?

"제이? 아, 그거? 앤드류한테 못 들었어? 간다고."

—아니, 그거 아니고요, 재즈 페스티벌에 나갔으면 해서요.

김 대표는 다짜고짜 용건만 말하는 윤후의 모습에 마음이 급하다는 것을 느꼈다.

마음이 급할 때면 항상 앞뒤 다 잘라먹고 용건부터 내미는 윤후라는 것을 알고 있다.

웃고는 이유를 차근차근 물어봤고, 전후 사정을 전부 전해 들었다.

"그 사람들, 유명한 사람들이야?"

—네, 많이 유명하신 분들이에요. 재즈계의 거장이거든요.

"그런 사람들이 제이를 어떻게 알고?"

—제가 추천했어요.

"니가 왜?"

—저랑 나가자고 그랬는데 제가 그럴 상황이 아니라서요. 그리고 조셉 씨 기타 실력이 저랑 비슷해서 그분이 기타 치고 제이 형이 드럼 치면 좋을 거 같아서 소개했어요.

김 대표는 내심 놀랐다. 조셉이라는 사람에 대해선 몰랐지만, 윤후가 자신과 기타 실력이 비슷하다고 할 정도면 대단한 사람이라는 느낌이 들었다.

가만히 생각하던 김 대표는 씨익 웃고는 전화에 대고 물었다.

"그럼 제이 페스티벌에 나가면 그거 기사로 써도 되는 거야?"

솔직히 윤후와 나가는 것보다 더 훌륭한 홍보 수단이었다. 윤후와 함께 나간다고 하면 윤후에게 모든 스포트라이트가 쏠릴 게 분명했다.

하지만 재즈 페스티벌에서 한국 사람이 제이뿐이라면 얘기가 달랐다. 게다가 세계적으로 유명한 재즈 연주가들과의 협연이라는 점이 더욱 훌륭했다.

기쁜 마음으로 대답을 기다렸다.

—제 얘기요?

"니 얘기를 왜 써. 써도 네 얘기 쏙 빼놓고 쓸 건데?"

—그런데 왜 저한테 물어보세요. 제이 형한테 물어봐야죠.

"아, 그러네. 하하하! 알았다. 제이한테 말해놓을게."

김 대표는 전화를 끊고 우선 최 팀장을 불렀다.

"조셉이라고 알아? 재즈 하는 사람이라는데."

"네, 압니다. 원래 삼인조 밴드였는데 현재는 두 명만 남아 있죠. 누구나 인정하는 재즈계의 거장이십니다."

"그래? 왜 난 몰랐지? 크흠. 그나저나 그 사람하고 제이하고 재즈 페스티벌에 나가면 어떨 거 같아?"

"그 사람들하고 같이 무대에 서고 싶어 하는 사람이 전 세계에 줄 서 있는데 왜 제이하고 재즈 페스티벌을 나갑니까?"

"그러네?"

김 대표는 눈을 껌뻑거리고는 최 팀장에게 윤후가 한 얘기를 했다.

자신은 조셉에 대해 잘 모르기에 윤후가 한 얘기를 토씨 하나 틀리지 않고 똑같이 전했고, 그걸 들은 최 팀장은 어느

순간부터 김 대표의 말이 귀에 들어오지 않았다.

"그러니까… 윤후가 그 조셉 씨하고 기타 실력이 비슷하다고 그런 겁니까?"

"자기가 그랬으니까 맞겠지. 윤후 몰라? 윤후가 그랬다면 그런 거야. 그러고 보면 그 조셉이란 사람도 기타 엄청 잘 치나 봐?"

"지금 그걸… 말이라고……."

김 대표는 최 팀장에게 처음으로 멸시의 눈빛을 받았다.

*　　　*　　　*

MfB에서 호텔을 마련해 줬음에도 제이를 비롯해 루아와 이종락은 뉴욕에 도착하자마자 윤후의 아파트부터 방문했다.

"와, 뭐냐? 이거 영화에서만 보던 펜트하우스 같은 거네. 역시 빌보드 1위구나."

"내 집만 하네."

실제로 루아는 서울 펜트하우스에서 살기에 뱉은 말이었고, 제이와 이종락은 집을 둘러보느라 정신이 없었다.

"아버님은?"

"세 분 오신다고 해서 아줌마랑 장 보러 가셨어요."

"아, 괜히 번거롭게 해드렸네."

윤후는 세 사람을 소파로 안내하고 대화를 나눴다.

서로 앨범 발매가 얼마 남지 않았기에 자기 앨범에 대한 얘기가 대부분이었다. 윤후도 두 사람이 음악을 들려주지 않았기에 내심 궁금하던 참이라 흥미롭게 듣고 있었다.

"맞다, 조만간 한국에서 촬영 올지도 몰라."

"저요?"

"너? 넌 회사에서 다 막잖아. 너 말고 나. 이따가 조셉 씨 만나서 얘기 잘되면 곧장 기사 나갈 거거든. 잘됐으면 좋겠다."

"그런 걸로 한국에서 촬영까지 와요?"

"당연하지. 세계적인 거장과의 협연. 그것도 재즈 연주가도 아닌 일개 밴드의 드러머가 사람들이 잔뜩 모이는 재즈 페스티벌에서. 놀랄 만하지."

"일개 아니잖아요. 제가 아는 사람 중에서는 드럼 제일 잘 쳐요. 그래서 소개했고요."

제이는 윤후의 말에 기분이 좋으면서도 머쓱한지 괜히 윤후의 어깨를 툭 건드렸다.

사실 제이도 회사에서 자신에게 신경 쓴다는 것을 알고 있었기에 비록 지금의 기회를 윤후 덕분에 잡았다고 해도 놓치고 싶지 않았다.

어느덧 윤후는 훨훨 날고 있어서 뿌듯한 한편, 너무 멀어진 윤후였기에 나중에라도 옆에 설 때 자신이 어울리기나 할까하는 걱정도 되었다.

적어도 빌보드는 아니더라도 한국에서는 1위를 하고 싶었다.

*　　　*　　　*

그날 밤, MfB의 스튜디오에서 제이는 잔뜩 긴장한 채로 연주를 마치고 조셉의 말을 기다렸다.

입에 아무것도 없으면서 껌이라도 씹듯이 우물거리기만 하고 있어서 더욱 긴장되었다.

하지만 윤후도 인정했듯이 리듬으로 시작해 리듬으로 끝난다고 해도 과언이 아닌 재즈 드럼이었기에 자신 있었다.

그렇기에 기대하며 대답을 기다렸다. 그리고 조셉 부부는 서로 잠시 대화를 나누는 듯하더니 윤후에게 한 것처럼 각자 기타와 피아노에 자리했다.

이어 연주를 따라오라는 듯 연주를 시작했다.

제이도 눈치를 챘는지 연주를 시작했고, 연주를 따라붙었다. 조셉은 줄곧 따라붙더니 결국에는 자신들의 속도를 조율하려는 드럼 소리에 피식 웃고는 실력을 알아보기 위해 기타의 속도에 변화를 주었다.

제이는 갑자기 변한 기타 연주에도 피식 웃고는 빠르게 하이햇을 두드려 리듬을 쪼개고 다시 조율해 나갔다.

잠시 뒤 조셉이 기타를 내려놓고 피식 웃었다.

"제대로 타임키퍼네. 괜찮네. 쓸 만해. 다만, 며칠 연습 좀 해야겠다. 시간 괜찮은지 물어봐 줘."

윤후는 피식 웃고는 제이에게 설명했다. 그러자 제이가 조셉과 자넷에게 꾸벅 인사를 하고 윤후를 와락 끌어안았다.

"고맙다!"

*　　　*　　　*

연예 소식을 전하는 방송국의 프로그램들은 라온에서 알려온 내용에 심히 고민 중이었다.

과연 미국까지 가서 촬영할 만한 메리트가 있는지 의논하기에 바빴다.

"그냥 현장 영상 몇 개 제보 받고 인터뷰는 원격으로 따도 별문제 없지 않을까? 그 정도로도 충분할 거 같은데."

"무슨 상이라도 받아야지 좀 그림이 쓸 만한데 그냥 페스티벌에서 무대 서고 끝이니까요."

"그래도 대단하긴 하지. 자넷 부부 인터뷰만 보장해 줘도

갈 텐데 그것도 확답이 없잖아."

제이의 인지도가 딱 거기까지였다. 방송국들은 제이의 촬영을 포기하기로 마음먹었다. 하지만 구 PD가 있는 KBC만은 달랐다. 윤후의 방송을 촬영할 때 윤후와 제이가 상당히 친하다는 얘기가 있었고, 실제로 확인도 했다.

제이를 촬영하면 현재 뉴욕에 있는 윤후를 촬영할 수 있지 않을까 하여 회의가 길어졌다.

자신의 방송도 아님에도 구 PD는 윤후와 제이의 친분에 대해 확인해 주느라 수시로 회의에 불려 다녔고, KBC에서는 작은 기대감으로 촬영을 맡기로 했다.

한편, 라온의 김 대표는 자신이 생각하던 것과 다르게 흘러가는 상황에 아쉬움이 가득했다.

그나마 KBC가 아니었다면 프로덕션을 찾아 직접 촬영해 방송국에 돌려야 했을지도 모른다.

* * *

며칠 뒤, 제이는 한국에서 촬영 팀이 온다는 전달을 받았다.

인터뷰를 위해 일정을 알려줘야 한다는 말이었고, 촬영은 가벼운 일상과 축제 전날 인터뷰, 그리고 당일 공연을 촬영한다고 알려왔다.

제이는 그것이 오히려 마음 편했다. 윤후는 재즈 페스티벌에 참여하지 않기에 부담을 주지 않아도 되었다.

그리고 축제 전까지 방송에 신경 쓰지 않고 연습할 수 있기에 마음이 편했다.

그렇지만 함께하는 조셉 부부에게 피해를 줄 수는 없었기에 일정을 물었고, 생각하던 것과 다른 대답을 들었다.

"우리? 내일모레 출발할 건데 같이 가지?"

"벌써요? 아직 일주일이나 남았는데요?"

"들를 곳이 있어."

"어딘데요? 전 좀 더 연습했으면 좋겠는데……."

"휴스턴. 뉴올리언스랑 가까워. 차 타고 다섯 시간 정도 걸리니까 거기서 연습하면 돼. 우리 원래 활동 지역이 그쪽이니까 더 편할 거야."

이종락을 통해 들어서인지 가깝다는 건지 멀다는 건지 감이 안 왔다.

하지만 축제 당일 이동하는 것보다 미리 이동해서 연습하는 것도 좋을 거란 생각이 들었다.

그러고는 시간이 별로 없었기에 옆 녹음실에 있는 윤후에게 말하려 자리에서 일어섰다.

윤후의 녹음실 문을 여니 한창 녹음 중이었다.

윤후를 담당하는 앤드류가 자신을 확인하고는 들어오라고 손짓했고, 제이는 조용히 소파에 앉아 윤후가 나오길 기다렸다.

역시나 녹음을 끊지도 않고 한 곡을 모두 부르고서야 녹음실을 나오는 모습에 제이는 참 윤후답다고 생각하며 피식 웃었다.

"대단하네."

"오셨어요? 연습은 다 했어요?"

"연습이야 계속하지. 지금은 할 말 있어서 왔어."

윤후는 물을 한 모금 마시고 제이의 옆에 앉아 말을 하라는 듯 제이를 빤히 봤다.

"나 아무래도 내일모레 뉴욕을 떠날 것 같아."

"왜요? 연주가 잘 안 맞아요?"

"아니, 그런 거 아니야. 페스티벌 전에 갈 곳이 있다고 그러시고 같이 가서 연습하자고 그러더라고."

"그래요? 어디로 가는데요?"

"휴스턴. 뉴올리언스랑 멀지 않대."

"휴스턴이요?"

윤후도 아직 찾아야 할 딘이 있기에 휴스턴이라는 말이 나오자 내심 함께 움직이고 싶었다.

딘의 흔적이 어느 나라의 어느 곳에 있는지 알 수 없었다.

그렇기만 지금까지 찾은 사람들이 그랬듯이 시작은 분명 휴스턴이었다.

윤후는 알아듣지도 못하면서 알아들으려 노력하는 앤드류를 봤다.

곤란하다는 것을 알지만 재즈 페스티벌 무대는 아니더라도 휴스턴에는 가고 싶었다.

"안 됩니다."

"네? 얘기도 안 했는데요."

"휴스턴 가시려는 거 아닙니까? 대화 중에 계속 휴스턴 얘기가 나와서 알았습니다."

윤후가 묻기도 전에 안 된다고 하는 앤드류였다. 윤후도 그럴 줄 알았지만 지금이 아니라면 더 움직이기 힘들 것이다.

지금도 아는 사람이 많지만 앞으로 얼마나 자신이 더 유명해질지 알 수 없었다. 딘을 찾고 싶었다.

그리고 앨범의 마지막 곡도 딘의 흔적으로 완성하고 싶었다. 윤후는 앤드류에게 사정하듯이 말했다.

"저한테 경호원을 붙여주시면 되잖아요. 페스티벌에 안 가고 휴스턴의 연습하는 곳에만 있을게요."

앤드류는 거의 빌다시피 하는 윤후의 부탁에 적잖이 놀랐다.

윤후가 원하는 건 웬만하면 들어주고 있었고, 들어주기 힘든 건 윤후도 쉽게 수긍하고는 했다.

그런데 지금 모습은 뭔가 좀 특별했다. 마치 예전에 자신에게 P. P 스튜디오를 찾아줄 수 있느냐고 물었을 때와 비슷한 얼굴이었다.

앤드류는 대답도 하지 않고 윤후를 빤히 바라봤다.

확실히 처음에 윤후를 봤을 때와 론을 만난 후의 윤후는 너무 달라졌다. 그리고 자신이 알기로 윤후는 분명 누군가를 찾고 있었다.

현재 같이 지내고 있는 은주도 찾았다는 것을 알고 있고, 론은 자신이 직접 찾아주기까지 했다.

앤드류는 도대체 윤후가 찾으려는 것이 무엇일까 하는 생각에 빠졌다.

"안 돼요?"

윤후의 질문에 그제야 정신을 차렸다. 그리고 평소대로라면 거절해야 하건만, 문득 어떤 생각이 스쳐 지나갔다.

앤드류는 윤후를 보며 조심스럽게 물었다.

"'어때?'란 곡, 제이 씨의 형과 연관된 곡이 맞습니까?"

"네."

"그럼 '빈센트'는 미세스 조, 그리고 'Lon'은 론이군요."

윤후는 갑자기 질문하는 앤드류의 모습에 대답을 하지 못했다.

말 못 할 것도 없지만 자신에 대해 알아버린 느낌이 들었다. 그때, 앤드류가 입을 열었다.

“그럼 이번에 휴스턴에 가시려는 이유도 누군가를 찾으려고 하는 것이겠군요? 그리고 그 찾으려는 사람이 후 씨의 앨범 마지막 곡에 들어갈 영감을 주는 사람일 테고요.”

앤드류는 말하고는 대답도 듣지 않고 혼자 생각하더니 이내 입을 열었다.

“후 씨의 음악 작업에 도움이 된다면 좋습니다. 다만, 어느 정도 행동에 제약이 있을 수 있습니다. 후 씨는 아시다시피 지금 세계에서 제일 인기 있는 가수이십니다. 그리고 제가 도움이 될 수 있으니 어떤 사람을 찾는지 알려주셨으면 합니다.”

앤드류가 알아챈 것 같아 어떻게 말을 하는 게 좋을지 고민하던 윤후는 자신도 모르게 피식 웃었다.

하긴 일반 사람이라면 십 년을 영혼과 같이 살았다고 생각하지 못할 것이다.

그리고 앤드류처럼 단지 영감을 주는 사람이라고 생각할 수 있었다.

말을 하려던 윤후는 이내 입을 다물었다. 이름과 나이, 그리고 소매치기라는 것 말고는 알 수 있는 것이 없었다.

"저도 잘 몰라서요."

앤드류는 윤후의 대답에 의아한 듯 고개를 갸웃거리고는 한참을 생각했다.

지금 윤후의 인기로 보아 좋은 선택은 아니었지만, 혹시나 론처럼 굉장한 곡이 나올 수도 있었다.

앤드류는 알았다는 듯 고개를 끄덕거렸다.

"그럼 내일모레 바로 출발할 수 있도록 준비하겠습니다."

옆에서 알아듣지 못해 눈만 껌뻑거리던 제이가 윤후에게 물었다.

"무슨 소리야?"

"저도 휴스턴에 가려고요."

*　　　*　　　*

휴스턴에 도착한 윤후는 제이의 일행과 함께 도착했지만 따로 움직이고 있었다.

조셉 부부가 부담된다고 말했기에 윤후도 충분히 이해했다. 그저 휴스턴에서 딘의 흔적이라도 찾을 수 있는 것만 해도 감사했다.

딘은 자신보다 다섯 살이 많은 나이였을 테고, 자신이 그나마 가지고 있는 단서 중 제일 어울릴 만한 곳은 한 곳뿐이었다.

윤후는 차에서 내릴 수가 없었기에 모든 일은 앤드류가 맡아서 했다.

차 문이 열리면서 앤드류가 탔다.

“아예 모릅니다. 그저 딘이라는 이름으로 찾기는 어려운 것 같습니다. 그리고 햄버거를 너무 많이 드신 거 같아서… 이번엔 커피만 사왔습니다.”

“네, 감사합니다.”

윤후와 앤드류, 그리고 기사를 비롯해 다른 차에 타고 있는 경호원들까지 햄버거를 질리도록 먹었다.

아무래도 누군가를 찾고 있기에 정보를 위해서 가게에 들어가 물어보는 것보다는 이게 나을 것이라는 앤드류의 판단이었다.

하지만 앤드류도 질리는지 결국 커피로 바뀌었다.

“그럼 오늘은 이만 이동하겠습니다. 숙소는 호텔이 아니라 경호원들까지 함께할 수 있는 빌라입니다. 괜찮으십니까?”

윤후는 그저 아쉬움에 고개만 끄덕거렸다.

# Chapter 2

## 조셉 부부II

조셉 부부와 함께 움직인 제이는 자리가 약간 불편했다.

인종차별을 하진 않지만 통역을 위해 함께한 이종락과 자신을 빼고는 주변 인물이 전부 흑인이었다.

게다가 전부 가족이었기에 식사 자리임에도 불구하고 알아듣지 못하는 말로 주방이 떠나갈 듯 떠들어댔다.

다행히 이종락은 알아듣기에 웃고 있지만 제이는 꿀 먹은 벙어리처럼 식사하는 데만 열중했다.

"하하, 그렇다니까. 찰스가 있었으면 기절했을걸."

"그래요? 아버지가 그나마 인정하는 찰스 아저씨보다 더요?"

"그래, 하하! 기타 연주만 들으면 느낌이 딱 흑인이야. 그리고 저 친구도 그 후라는 친구가 소개했는데 꽤 잘해."

제이는 제대로 이해하진 못했지만 자신을 손가락질하며 웃는 조셉을 따라 미소를 지었다.

그저 대화에 오가는 이름으로 어떤 말을 하는지 어렴풋이 알 것 같았다.

찰스 워커.

저 사람들의 전 멤버이자 재즈 기타리스트를 얘기하는 것을 알았다.

가족들까지 알고 지내는 돈독한 사이였다는 것이 부러웠다. 비록 예전에 자신이 있던 플라이는 저렇게 지내지 못했지만 후아유만큼은 저렇게 지내도 괜찮지 않을까 하는 생각이 들었다.

윤후의 목소리가 듣고 싶었다.

그때, 현관문이 열리면서 가족 중 한 명으로 보이는 사람의 목소리가 들렸다.

"누구 왔어요? 아빠? 엄마?"

그러자 조셉이 장난스러운 얼굴을 하고 검지를 입에 가져다 댔다. 그러자 다들 동의하듯 똑같이 행동하고 들어오는 사람을 기다렸다. 그리고 잠시 뒤, 기다리던 사람이 오자 조셉이 팔을 들어 올리며 말했다.

"에델!"

"어! 할아버지!"

"하하하! 뭐야, 이 냄새는? 혼자 맛있는 거 먹고 온 거야?"

포옹을 하다 말고 킁킁거리며 냄새를 맡는 조셉 때문에 에델이라는 사람도 킁킁거렸다. 그러고는 입을 삐죽하고 말했다.

"사거리 햄버거 가게에서 알바하다 와서 그래요."

"뭐? 학교는?"

"학교도 가고요. 저번에 말했잖아요. 올해 졸업이거든요."

"아이고, 우리 아가씨가 벌써 그렇게 컸다고? 하하하!"

제이는 딱 봐도 손녀라는 느낌을 받았다.

가족이 한 명 더 늘어 더 정신없어질 것 같아 들어오는 사람을 보지도 않고 그저 빨리 연습이나 했으면 좋겠다고 생각했다.

그때, 조셉이 이종락과 제이를 가리키며 소개했다. 제이는 에델의 얼굴을 빤히 바라봤다.

"여긴 이번 우리 멤버, 그리고 여긴 매니저? 맞나?"

그러자 이종락이 웃으며 먼저 인사했다. 제이도 정신을 차리고 이종락을 따라 손을 내밀며 인사를 건넸다.

"하이, 아이 엠 제이. 나이스 투 미츄. 유아 소 뷰티풀."

에델이라는 사람은 흑인이었지만 제이가 보기에 정말 예

뺐다.

흑진주. 말 그대로 검은 보석 같은 느낌이었다.

빨개진 얼굴로 손을 내밀었고, 에델은 활짝 미소를 지으며 손을 맞잡았다.

"전 에델이에요. 에델 카터."

제이는 에델이라는 이름을 외우려 속으로 되새겼다. 그러자 제이를 보고 있던 조셉이 제이의 등을 세게 때렸다.

"너, 곧 마흔이라며? 재 스물도 안 됐는데 어딜 넘봐! 내 보석을!"

조셉은 물론 이종락에게까지 꾸지람을 들은 제이는 헛기침을 했다. 그러고는 다시 식사가 이어졌고, 제이는 에델을 힐끔거리느라 여념이 없었다.

그러다 문득 이상한 점을 발견했다.

이종락에게 조용히 물었다.

"조셉 씨 성이 브라운 아니에요? 조셉 브라운?"

"맞지. 그것도 몰랐어? 정신 차려라."

"아니… 이상해서요. 저기 좀 전에 아들 소개할 때도 브라운이었는데… 왜 저 손녀만 성이 달라요? 아까 들어올 때 분명히 엄마, 아빠 찾았는데… 미국은 그래도 괜찮나?"

이종락도 그제야 고개를 갸웃거렸고, 질문을 한 제이는 자신이 질문했다는 것을 잊었는지 에델을 힐끔거리느라 정신이 없었다.

*　　　*　　　*

제이는 조셉의 집 주차장을 개조한 연습실에서 드럼을 두드렸다.

자신의 드럼은 먼저 공연장으로 보냈기에 마침 잘되었다 생각하며 자리에 앉았다. 그리고 조셉 부부에게 어울리는 연주를 하기 위해 연습을 시작했다.

혼자서 하는 연습이었기에 그저 즉흥적으로 드럼을 두드렸고, 어느새 땀까지 흘러내렸다. 그때, 연습실 문이 열리며 에델이 고개를 내밀었다.

제이는 연습을 하다 말고 벌떡 일어나 고개를 숙이며 인사했고, 에델은 피식거리며 작업실로 들어왔다.

"뉴올리언스에서 공연한다고요? 부럽다."

제이는 그 말을 못 알아들은 채 그저 에델의 미모에 흠뻑 취해 있었다.

그동안 동료 가수들을 보고 예쁘다고 생각한 적은 있지만 이렇게까지 심장이 두근거린 적은 없었다. 커다란 눈과 두툼한 입술, 흑인이라면 당연히 곱슬머리인 줄만 알았는데 에델을 파마를 했는지 긴 생머리였다.

고개만 끄덕거리며 눈을 떼지 못했다. 그런 모습 때문인지 에델이 제이를 보며 활짝 웃었고, 제이는 더욱더 정신을 놓았다.

"한국에서 가수라면서요?"

에델은 제이가 대답도 없지만 흥미로워하는 얼굴로 질문했다. 궁금한 게 많은지 혼자서만 계속 말했고, 제이는 그저 헤벌레 고개만 끄덕였다.

그러다가 에델이 주머니에서 지갑을 꺼내고 무언가를 건넸다. 그걸 본 제이는 고개를 갸웃거렸다.

"천 원? 이걸 왜… 나한테… 코팅까지 한 걸."

"이거 한국 돈 맞죠?"

제이는 천 원을 손에 들고 가만히 들여다봤다.

지금은 볼 수 없는 불그스름한 색의 구권 지폐였다. 제이는 그저 지폐를 수집하는 취미를 가졌다고 오해하며 대단하다고 엄지를 추켜세웠다.

"에이, 조금 답답하네. 그럼 이건 한국말 맞죠?"

제이는 답답한지 가슴까지 살짝 두드리는 에델에게 흠뻑 취해 있었다. 그때, 에델의 입에서 익숙한 한국어 노래가 나왔다.

*우리 아기 불고 노는 하모니카는……*

*　　　*　　　*

제이는 한국 동요를 부르는 에델이 신기하기만 했다. 서툰 한국어로 노래를 부르는 모습 때문인지 아름다움이 배가 되는 것 같았다.

제이는 에델의 모습을 마치 감상하듯 바라봤다.

"이 노래는 모르나?"

에델은 제이의 반응에 콧등을 찡그리고는 곧장 다른 노래를 불렀다.

*난 오늘도 그댈 기다려요*

제이는 또다시 놀란 얼굴이었다. '기대'라는 노래로 한국에서 꽤 유명한 곡이었다.

제이는 에델이 단지 한국에 관심이 많은 소녀라고 생각했다. 그런데 서툰 한국어 때문에 뒤늦게 알아차렸지만, 노래 솜씨가 예사롭지 않았다.

재즈 대가 밑에서 자라서인지 목소리 안에 그루브가 자연스레 녹아 있었다. 상당한 솜씨에 제이는 혀까지 내밀고 지켜봤다.

그리고 노래를 끝낸 에델이 여전히 멍해 있는 제이를 보며 실망했는지 곧장 자리에서 일어섰다.

* * *

이틀 뒤, 윤후는 도무지 딘의 흔적을 발견할 수 없었다.

모든 신경을 쏟아서인지 머리까지 아파왔다. 휴스턴 안에 있는 햄버거 가게란 가게는 전부 돌아다녔고, 이제는 찾을 가게도 없었다.

다른 단서를 생각하느라 더욱 머리가 아팠다.

막상 찾으려고 마음먹으니 마음이 조급해졌다. 그리고 찾으려고 하면 할수록 보이지 않는 흔적에 초조해져 갔다.

마지막 남은 딘을 찾지 못할 수도 있다고 생각하자 잠도 오지 않았다.

윤후 스스로 마음을 진정하려 기타를 연주했지만, 그럴수록 더욱 초조해져만 갔다.

"어젯밤에도 한숨도 못 주무신 것 같은데 좀 주무시는 게 좋겠습니다. 그리고 잠시 후에 아버님도 오실 예정입니다."

"아빠요?"

"네, 곧 도착하실 겁니다. 마중 가시겠습니까?"

"그래요."

윤후를 보고 있는 앤드류는 윤후가 휴스턴에 도착한 직후부터 지금까지 한숨도 안 잤다는 것을 알고 있었다.

윤후의 방에서 밤새도록 기타 소리가 들려왔고, 평소보다 조금 거칠게 들리는 통에 걱정되었다.

자신의 말을 듣지 않을 것을 알기에 할 수 없이 정훈에게 연락했다.

그래서 정훈이 걱정스러운 마음에 급하게 휴스턴으로 오는 중이다.

앤드류는 룸미러를 통해 윤후를 관찰하며 공항에 도착했고, 잠시 뒤 회사에서 보낸 사람과 함께 공항을 나서는 정훈이 보였다.

앤드류는 윤후에게 확인시켜 주고는 곧장 마중을 나갔다.

"윤후는?"

"차에 계십니다. 타시죠."

정훈은 헐레벌떡 차에 올라탔고, 윤후를 보자마자 이리저리 살폈다. 뉴욕에서 웃고 있던 얼굴과 다르게 퀭한 모습에 마음이 아파왔다.

하지만 딘이 윤후에게 소중한 존재라는 것을 알기에 화를 낼 수도 없었다. 그저 윤후의 머리를 계속 쓰다듬어 주었다.

"죄송해요."

윤후의 말에도 정훈은 대답도 없이 연신 머리만 쓰다듬었다. 그러자 그동안 잠을 자지 않던 윤후가 눈을 감았다.

* * *

윤후는 개운함을 느끼며 눈을 떴다. 오랜만에 푹 자서인지 몸까지 가벼웠기에 딘의 흔적을 발견할 수도 있을 것 같은 예감이 들었다.

그런데 눈에 보이는 풍경이 숙소가 아니라 낯설었다.

두리번거리자 자신을 보고 놀란 얼굴의 정훈이 보였다.

"오윤후!"

"아빠?"

정훈은 관찰하듯 윤후의 눈을 뚫어져라 볼 뿐 대답이 없었다.

윤후는 의아함을 느끼고 몸을 일으키려 했다. 그런데 자신에 팔에 링거가 꽂혀 있고 옷은 환자복이 대신하고 있었다.

병원이라는 것을 알아차렸지만, 자신이 왜 여기에 있는지 몰랐다.

"제가 왜 병원에 있어요?"

"정말 큰일 나는 줄 알았잖아, 아들!"

정훈은 공항에서 자신을 보자마자 잠이 든 윤후가 그저 긴장이 풀렸다고 생각했다. 그런데 숙소에 도착해서 깨워도 일어나지 않았다.

다소 세게 흔들어도 숨만 내쉴 뿐 잠에서 깨질 않았다.

정훈이 생각할 수 있는 건 하나밖에 없었다. 혹시 예전처럼 그런 일이 발생하지 않을까.

말도 통하지 않는 앤드류에게 손짓, 발짓을 했고, 그러자 앤드류도 심상치 않은 윤후의 모습에 곧장 병원으로 향했다.

"아들 삼 일이나 잤어! 아빠가 얼마나 놀랐다고!"

윤후는 자신이 삼 일이나 잠들었다는 소리에 깜짝 놀랐다.

그저 푹 잤다고 생각했는데 시간이 그렇게 흘렀다니.

멍한 상태로 눈만 껌뻑거릴 때, 병실 문이 열리면서 앤드류가 들어왔다. 뒤에는 은주까지 함께하고 있었다.

"일어나셨습니까?"

"네……."

"윤후, 아줌마가 얼마나 걱정했는데. 아줌마뿐이 아니야. 아빠도 그렇고 여기 앤드류 씨도 그렇고."

"죄송해요. 그런데 제가 왜 병원에……."

"별다른 증세는 없었습니다. 그저 신경쇠약으로 장기 수면을 취할 수도 있다고 하더군요. 자세한 검사를 하고 싶지만, 아버님이 따로 부탁하셔서 그러진 못했습니다. 그래도 내일 바로 뉴욕으로 돌아가서 조만간 정밀 검사를 받으셔야 합니다."

윤후는 면도도 못 했는지 수염이 자라 있는 앤드류를 보고는 미안함에 거절하지 않고 고개를 끄덕였다. 그제야 앤드류는 가볍게 미소 지으며 정훈에게 말했다.

"22시 도착 예정입니다. 다소 늦은 시간인데 약속을 내일로 잡으시겠습니까?"

은주가 정훈에게 자세히 설명해 주자 정훈은 오늘 당장 만나보는 것이 좋겠다고 말했다.

그러자 앤드류가 곧장 퇴원 수속을 밟겠다며 다시 병실을 나갔고, 윤후는 자신이 잠든 사이에 누가 온다는 것인지 궁금했다.

"누가 오세요?"

"응, 한국에서 김 박사님 오시기로 했어. 아들 봐주신 선생님."

*　　　　*　　　　*

숙소로 돌아온 윤후는 한국에서 정신과 치료와 최면 치료를 해주던 의사가 왔음에도 앤드류의 적극적인 보살핌으로 침대에서 일어날 수 없었다.

"먼 곳까지 와주셔서 감사합니다."

"하하, 아닙니다. 일등석까지 준비해 줘서 아주 편하게 왔는걸요."

의사는 누워서 말똥거리며 자신을 쳐다보는 윤후를 웃으며 바라봤다.

"어이구, 어디가 이렇게 아파서 누워 있는 거야?"

"안녕하세요."

윤후가 몸을 일으키려 하자 앤드류가 나섰다. 그 모습을 본 의사가 괜찮다고 손을 들어 올리고 웃었다.

"누워서 얘기해도 괜찮아. 하하! 잠을 제대로 못 잤다며?"

의사의 자연스럽게 대화의 물꼬를 텄다. 윤후도 자신의 모든 것을 알고 있는 사람이기에 대화를 이어나갔다.

정훈은 얘기가 이어지자 앤드류와 은주를 비롯해 경호원들까지 데리고 방을 나섰다.

방에 둘만 남게 된 뒤로도 자신을 편안하게 해주려는 의사였고, 윤후는 그저 물어보는 질문에 답할 뿐이었다.

그러던 중 얘기는 점점 자신의 인격들에 대한 것으로 흘러갔고, 그러자 윤후는 문득 생각이 들었다.

음악 감독 아저씨를 찾고 난 뒤가 마지막 최면 치료였기에 론을 찾은 지금 영혼의 방이 어떻게 바뀌었을지 궁금했다.

"저 선생님, 최면 치료 받고 싶어요."

"음? 괜찮아 보이는데? 어디가 불편하니? 그리고 윤후는 당분간 최면 치료를 하면 안 돼. 저번에도 쉽게 깨어나지 못한 거 기억하지?"

"확인하고 싶은 게 있어요. 해주세요. 아빠도 같이 계시잖아요."

윤후의 거듭된 부탁에 의사는 잠시 생각에 잠겼다. 그러고는 방문을 연 뒤 정훈만 방 안으로 조용히 불러 어떻게 했으면 좋겠는지 물었고, 정훈은 윤후를 바라보고는 고개를 숙이며 부탁한다고 말했다.

"그럼 만약에 안 좋다 싶으면 바로 중단할 거야. 약속할 수 있지?"

"네."

약속까지 받고 난 뒤에야 최면 치료를 시작했다.

하지만 익숙한 장소가 아닌 탓에 최면에 빠지기까지 꽤 오랜 시간이 걸렸다. 조명도 어둡게 하고 침대에서 몸을 일으켜 세워 최대한 나른한 자세를 취하고 나서야 겨우 최면 상태로 들어갔다.

"자, 그럼 천천히, 아주 천천히 그 사람들이 머무는 곳을 들어가는 거야. 아주 천천히."

"네……."

"자, 그럼 방에 무엇이 보이는지 말해볼까?"

"또 변했어요. 침대가 사라졌어요."

윤후는 최면에 걸린 상태에서도 침을 꿀꺽 삼켰다. 영혼의 방이 바뀌리라 예상했지만 이렇게 바뀔 줄은 몰랐다.

음악 감독 아저씨를 찾고 난 뒤 녹음실처럼 변한 영혼의 방이다.

환경만 바뀌었을 뿐이지 기타 할배의 침대가 있던 자리에는 기타가, 백수 아저씨의 침대 자리에는 마이크가 있었다.

그런데 지금 에릭을 찾고 난 뒤에는 에릭의 침대가 사라졌을 뿐만 아니라 기타 할배의 기타와 백수 아저씨의 마이크가 방 가운데에 세팅되어 있었다.

처음부터 녹음실이던 것처럼 변해 버렸다. 다만 딘이 있던 자리에는 아직 딘의 침대만 덩그러니 놓여 있었다.

윤후는 침대를 가만히 쳐다보고는 예전에는 만질 수 없던 기타와 마이크를 만질 수 있는지 확인하려 손을 가져다 댔다.

하지만 역시 만질 수 없었다. 신기루처럼 허공에 손을 휘저을 뿐이었다.

최면에 들기 전부터 그럴 거라고 생각해서인지 감정의 동요는 적었다.

그래서 최면에 쉽게 깨어날 수 있었고, 확인하고 싶은 걸 확인했기에 다른 때보다 오히려 마음이 가벼웠다.

윤후의 최면 치료가 끝나자 윤후에게 쉬라고 하고 정훈은 의사를 데리고 방을 나섰다.

그리고 방에 혼자 남은 윤후는 생각을 정리했다. 왜 만질 수 없고 왜 에릭의 침대가 사라지고 기타와 마이크만 가운데에 놓이게 된 건지 궁금했다.

'아, 사진이라도 찍어놔야 다음에 치료할 때 비교해 볼 수 있을 텐데…….'

혼자 생각하던 윤후는 갑자기 고개를 번쩍 들었다. 그러고는 조금 전에 본 방을 떠올려 보려 애썼다.

'내가 사진을 찍는다면… 녹음실의 한가운데에 놓인 구도가 딱 맞겠지. 에릭을 찾아서 그렇게 바뀐 거였구나.'

윤후는 고개를 끄덕거렸다. 이제 찾을수록 영혼의 방이 완성되어 간다는 것에 확신이 생겼다.

그리고 아마도 딘을 찾게 되면 그 모든 것을 만질 수 있으리라고 생각되었다. 비록 소매치기이긴 하지만 손재주가 좋은 딘이었으니.

그렇게 윤후가 생각에 잠겨 있을 때, 방문을 두드리는 소리가 들리며 제이가 들어왔다.

"어떻게 오셨어요?"

"하도 연락이 없어서 전화했더니 너 쓰러졌다고 그러더라고. 그래서 놀라서 왔지."

"괜찮아요. 조금 피곤해서 그런 거예요."

"어휴, 키는 멀대 같아서 몸이 왜 이리 약해? 내가 이번에 한국 가면 보약… 뭐 다른 사람 시켜서 보내지, 뭐. 하하!"

윤후는 걱정해서 왔다는 말과는 다르게 뭔가 들떠 보이는 제이에게 무슨 일이 있는 건가 하고 바라봤다.

"무슨 일 있어요?"

"…무슨 일은! 아무 일도 없어!"

"아닌데요? 얼굴이 빨게졌는데?"

"아니야, 인마! 자식이."

제이는 헛기침을 하지만 얼굴은 웃음을 참지 못하고 씰룩거렸다. 윤후는 제이에게 무슨 좋은 일이 있는 것 같아 다행이라 생각했다.

"연습이 잘돼서 그래요?"

"연습? 어, 그렇지. 잘되고 있지. 하하!"

"언제 출발해요?"

"아, 맞다. 출발은 내일모레인데 내일 한국에서 촬영 팀이 온다고 했거든. 그래서 내일은 못 올 거 같아서 지금 들른 거야."

"잘됐네요. 저도 내일 뉴욕에 가거든요."

"벌써? 아, 그럼 너 형수는 못 보고 가겠네."

"형수님이요?"

윤후는 콧구멍까지 벌렁거리는 제이를 의아한 듯 쳐다봤다. 미국에 와서 말도 통하지 않을 테고 이종락이 항상 붙어 있을 텐데 무슨 형수가 있다는 건지 궁금했다.

"결혼해요?"

"하하, 그럴 수도 있지!"

"누군데요?"

"조셉 씨 손녀. 엄청 예쁘다. 너도 보면 놀랄걸?"

"한국 사람 아니에요?"

"아닌데? 나의 검은 보석이지. 이름이 에델인데 한국 노래도 아는 걸로 보면 분명 나한테 관심 있어."

"형 노래를 알아요?"

윤후는 대답하지 못하는 제이의 모습에 분명 헛물을 켜고 있다고 생각했다. 하지만 콧구멍까지 벌렁거리며 좋아하는 모습에 말은 하지 않았다.

"결혼하게 되면 미국에서 살지도 모르니까 자주 보자고."

"전 한국으로 돌아갈 건데요?"

"하하, 그냥 그렇다고. 하하하!"

윤후가 보기에 제이는 루아나 다른 여자 연예인을 봐도 별다른 말이 없는 사람이었다.

그런 제이를 어떤 사람이 저렇게 만들었는지 궁금해졌다.

"아, 내일은 카메라가 붙어 있으니까 전화하지 말고 그냥 가. 괜히 전화했다가 너 인터뷰할지도 모른다. 형수는 다음에 보고. 하하!"

윤후는 행복해 보이는 제이의 모습에 어느새 심각하던 생각들을 잊어버렸다.

*　　　　*　　　　*

뉴욕으로 떠나기 전 윤후는 마지막으로 안 가본 몇 군데만 더 돌아보길 원했다. 정훈, 앤드류와 함께 차로 이동 중이다.

"그럼 이곳을 마지막으로 확인하고 가는 거다?"

"네."

인터넷으로 확인하고 차로 이동했다. 거의 도착할 때쯤 햄버거 가게 주변으로 꽤 많은 사람들이 보였다.

조금 떨어진 곳에 차를 세우고 무슨 일인가 살폈다.

"촬영이 있나 봅니다. 그리고 전부 동양인입니다."

"저기가 맛집인가 보네. 아빠가 갔다 와볼까?"

"아니에요. 괜찮아요."

만약에 한국인들이라면 자신의 다큐멘터리 영상에 나온 정훈을 알아볼 수도 있었다.

아쉽지만 어쩔 수 없이 다음에 찾아야겠다고 생각할 때, 촬영 팀 가운데에 있는 사람이 눈에 들어왔다.

"제이 형?"

"어? 그러네. 제이 맞네."

촬영한다고 해서 연습하는 장면을 촬영하는 줄 알았는데 웬 햄버거 가게 앞에서 저러고 있는지 알 수 없었다.

지켜보던 윤후마저 미소가 지어질 정도로 제이는 상당히 기분 좋게 웃고 있었다. 어제부터 지금까지 죽 들떠 있는 모습이다.

차에서 제이를 지켜보던 윤후는 앤드류에게 물었다.

"제이 형한테 전화해 봐도 돼요? 인터뷰할 수도 있는데 도와주고 싶어요."

앤드류는 윤후가 쓰러졌다는 소식을 듣고 제이가 늦은 밤임에도 급하게 달려온 모습을 봤다. 그 때문에 이것으로 보답하는 것도 나쁘지 않겠다고 생각하며 고개를 끄덕였다. 그러자 윤후는 곧바로 전화를 걸었다.

하지만 촬영 중이라서인지 제이는 전화를 확인하지 못했다. 윤후는 앤드류를 봤고, 앤드류는 잠시 생각하더니 말했다.

"경호원을 준비시키겠습니다. 그래도 5분 안으로 끝내셔야 합니다. 그게 저분에게도 도움이 될 겁니다. 길어지면 저분이나 후 씨나 곤란합니다."

"네, 알겠어요. 감사해요."

앤드류는 곧바로 기사에게 지시했다. 차가 천천히 움직여 햄버거 가게 앞에 멈춰 섰다. 그러자 제이를 비롯해 촬영 팀의 시선이 갑자기 멈춰 선 큰 차로 쏠렸다.

그때 뒤에 있던 차에서 검은 양복을 입은 사람들이 주위를 살피며 앞에 있는 차 문을 열었다.

"제이 형."

"어?"

"후?"

"후? 후다!"

윤후를 확인한 사람들이 곧바로 전화기를 꺼내 대기 중인 스태프에게 전화를 걸었고, 앤드류는 책임자를 찾아 촬영에 대한 주의 사항을 말했다. 자연스럽게 두 사람의 모습을 담는 촬영이라면 방송에 나가는 걸 허락하겠다는 것이다. 방송국에서는 두말할 것도 없이 승낙했다. 전혀 생각하지도 않은 대어인데 거절할 리가 없었다.

다만 제이만 놀란 얼굴로 주위를 살피더니 윤후에게 말했다.

"뭐야? 여기 이렇게 있어도 돼?"

"우연히 지나가다 보니 형이 있어서요. 근데 왜 햄버거 가게에서 인터뷰해요?"

제이는 다시 주변을 살피더니 윤후의 귀에 대고 실실거리며 말했다.

"크큭, 여기가 네 형수 일하는 곳이거든."

# Chapter 3
# 딘의 흔적

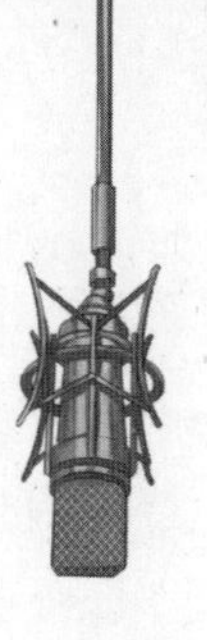

윤후는 마침 자신도 볼일이 있었기에 제이에게 이끌려 햄버거 가게 안으로 들어갔다.

앤드류 덕분인지 한국 제작진은 자신에게 질문을 던지지 않았다. 다만 윤후가 앉아 있는 테이블을 가게 안에 있던 손님들이 둘러싸고 있었다.

그래서 윤후는 카메라에 얼굴만 비추고 바로 가야겠다고 생각했다.

제이에게 말을 하려 할 때, 주방을 연신 힐끔거리는 모습이 보였다. 그 모습을 본 윤후는 걱정스러웠다. 카메라까지 대동한 채 어떻게 하려고 저러는지 제이를 이해할 수가 없었다.

그러자 제이가 자신을 보는 시선을 느꼈는지 피식 웃으며 말했다.

"조셉 씨 손녀잖아. 제작진도 내가 조셉 씨 집에서 연습하는 것을 알고 있으니까 내가 조셉 씨 가족하고도 친한 걸 보고 싶어 하더라고. 이미 다 얘기되어 있는 거라 괜찮아."

"아……."

잠시 기다렸고, 어느새 앤드류가 말한 시간이 다 되었다. 아쉽지만 가야겠다고 생각할 때, 주방을 보며 손을 흔드는 제이가 보였다.

고개를 돌려보니 마찬가지로 활짝 웃으며 손을 흔드는 사람이 보였다.

"흠……."

윤후가 보기에 제이가 극찬한 것처럼 예쁘다는 생각은 안 들었다.

하지만 그 사람을 바라보는 제이의 반짝이는 눈을 보고는 머쓱해져 웃었다.

"엄청 예쁘지?"

"뭐… 네."

에델이 다가오자 제이는 손까지 흔들고 윤후를 가리켰다.

"여긴 후. 알지? 'Lon' 부른 후."

"정말… 후? 진짜, 진짜 친구였어요?"

제이는 알아듣지도 못하면서 에델이 놀란 얼굴을 하자 기분이 좋은지 윤후에게 엄지까지 들어 보였다.

윤후는 피식 웃고 손을 내밀었다.

"안녕하세요. 후입니다."

흑인 여성은 손을 옷에 쓰윽 닦고 윤후의 손을 잡았다.

"네, 반가워요. 전 에델이에요."

윤후는 자신의 손을 잡고 놓지 않는 에델의 모습에 미소를 지으며 말했다.

"손 좀……."

"아, 죄송합니다."

그제야 손을 놓아주었지만, 윤후에게서 시선을 떼지 못했다.

제이는 불안했는지 서둘러 제작진에게 에델을 가리키며 인터뷰하라고 말했고, 그에 함께 온 작가와 카메라가 에델을 따로 불렀다.

에델은 인터뷰를 위해 가면서도 윤후를 신기한 듯 쳐다보기 바빴다.

윤후는 제이가 말한 형수도 봤고 촬영을 잘하고 있는 제이도 확인했기에 이만 자리에서 일어나려 했다.

"형, 저 가야 할 거 같아요. 앤드류 씨가 기다려요."

"어, 그래. 전화할게. 고마워. 촬영 허락해 줘서."

"아니에요. 그럼 촬영 잘하세요."

윤후는 자리에서 일어서서 자신을 보며 아쉬워하는 제작진을 쳐다봤다. 그러고는 피식 웃으며 말했다.

"제이 형이 하는 공연, 정말 기대됩니다. 제이 형하고 조셉 씨하고 잘 어울리더라고요."

윤후가 인사까지 하고 정말 가려고 할 때, 윤후를 지켜보던 에델이 인터뷰를 하다 말고 급하게 다가왔다.

"저기… 사인 좀 해주세요."

종이와 펜까지 들고 와서 하는 말에 윤후는 고개를 끄덕였다. 자칫하면 주변에 있는 사람들이 전부 몰려들 수 있었기에 빠르게 사인을 했다.

"이름이 에델 씨라고 했죠?"

윤후가 '에델에게'라고 적으려 할 때 에델이 크게 말했다.

"에델 카터! '에델 카터에게'라고 써주세요."

윤후의 사인하던 손이 멈췄다. 그리고 고개를 천천히 들어 올리고 에델을 바라봤다. 조셉의 손녀라고 들었는데 '카터'라는 성을 쓰고 있다. 자신이 찾고 있는 딘과 같은 성이었다.

"…카터?"

"네, 에델 카터. 기왕이면 밑에 '훌륭한 가수가 될 에델 카터에게'라고 적어주시면……."

윤후는 대답도 하지 않고 에릭과 똑같이 생긴 론처럼 에델도 어딘가 닮은 모습이 있지 않을까 싶어 에델의 얼굴을 빤히 바라봤다.

긴장을 해서인지 입술이 말라왔다. 윤후는 입술을 적시고 조심스럽게 물었다.

"딘… 딘 카터라고 알아요?"

에델이 대답은 하지 않았지만 윤후는 확신이 생겼다. 에델의 눈이 커짐은 물론이고 상당히 떨리고 있는 게 보였다.

"딘… 카터 알죠?"

"어떻게… 아세요? 저희 오빠인데……."

오빠. 딘의 여동생이었다는 것을 확인한 윤후는 숨을 몰아쉬었다.

너무 긴장한 나머지 잠시 휘청거리자 앤드류가 곧바로 윤후를 부축했다. 윤후는 앤드류를 보고선 조용히 말했다.

"당분간 휴스턴에 있어야겠어요."

"네, 알겠습니다. 그래도 지금은 보는 눈이 많아 일단 자리를 피하시는 게 좋겠습니다."

윤후는 자신을 보고 있는 사람들을 쳐다봤다.

윤후가 휘청거리기까지 하자 모두가 무슨 일이 있는 건지 걱정하는 얼굴로 보고 있었다.

"그만 가시죠. 저는 잠시 여기 남아서 마무리 좀 하고 가겠습니다."

*　　　*　　　*

정훈은 하염없이 서성거리는 윤후를 바라봤다.

우연하게도 뉴욕으로 가기 바로 전 제이를 발견했고, 제이가 소개해 준 사람이 딘의 여동생일 거라고는 생각하지 못했다.

윤후가 지금은 비록 정신없이 서성거리고 있지만 다섯 명 모두를 찾았으니 윤후의 짐이 덜어질 거라고 생각하자 정훈도 에델과 윤후의 만남이 기대되었다.

그리고 잠시 뒤 앤드류가 문을 열고 들어왔다.

그러자 서성거리던 윤후가 발걸음을 멈추고 고개를 돌렸다. 앤드류와 함께 온 사람은 에델뿐만이 아니라 조셉 부부는 물론이고 제이와 이종락까지 함께였다.

반가운 얼굴들이지만 지금은 에델에게만 볼일이 있었기에 윤후는 간단하게 인사를 하고 에델에게 다짜고짜 물었다.

"딘 카터, 정말 딘 동생이 맞나요?"

"네."

그러자 조셉이 나서며 일단 자리에 앉아서 얘기하자고 했다. 윤후는 다들 서 있다는 것을 확인하고는 거실 소파로 안내했다. 조셉이 에델의 등을 쓰다듬으며 머리를 끄덕였다. 그러자 에델이 들고 온 가방에서 주섬주섬 무언가를 꺼냈다.

"이거……."

윤후는 에델이 내민 것을 가만히 쳐다봤다. 코팅까지 해놓은 천 원짜리 지폐였다.

"이게 뭐죠?"

"오빠가 남겨놓은 거예요."

윤후는 조심스럽게 지폐를 들어 올렸다. 하지만 아무리 살펴봐도 예전 돈이라는 것 말고는 다른 점을 찾을 수 없었다. 윤후가 모르는 듯 살피고 있자 에델이 조심스럽게 말했다.

"그게… 오빠가 아끼던 거거든요. 저도 너무 어렸을 때라 기억이 잘 안 나는데……."

"거긴 내가 얘기해 주지. 괜찮지, 에델?"

조셉이 갑자기 나섰고, 에델이 고개를 끄덕거렸다. 그러자 윤후도 자신이 찾는 딘이 맞는지 확인해야 했기에 고개를 끄덕였다.

"정확한지 아닌지는 몰라. 죽은 우리 멤버 알지?"

"네, 찰스 워커 씨."

"맞네, 그 사람. 사실 난 딘에 대해 잘 모르지만… 그 친구가 얘기해 줬지."

조셉 부부는 에델의 손을 꼭 잡으며 말을 이었다.

"나도 잘 모르지만 들은 대로 얘기해 주지. 이 두 남매는 난민이었어. 부모는 어떻게 됐는지 모르지. 그러다 보니 에델이 문제였어. 난민 처리가 되자 너무 어린 에델은 다른 위탁 가정으로 가게 됐지. 그게 찰스 부부였어."

"딘은요?"

"가족이라는 것을 알기에 자주 만나게 했지. 하지만 딘에게는 문제가 있었어. 그 난민들 사이에서 에델을 먹이려고 다른 사람의 돈을 훔쳤지. 그리고 찰스가 보석금을 내주고, 합의도 해주고, 딘에게 같이 살자고 권유했고. 그런데 그 딘이라는 녀석이 거절했대. 나중에 알았지. 혹시나 자신 때문에 난민인 에델에게도 피해가 갈까 그랬다는 걸."

윤후는 얘기를 들으며 딘을 떠올렸다.

왜 소매치기였으면서도 항상 정훈이나 자신에게 걸렸는지, 그리고 왜 항상 그대로 숨겨두기만 했는지.

에델을 챙겨주려고 한 것은 아닐까 하는 생각이 들었다.

"그리고 자네가 찾는 딘이 우리가 아는 딘과 맞는다면 그 지폐는 아마 자네 것이 맞을 거야."

"……."

"에델이 찰스 부부에게 위탁되고 딘은 더 이상 나쁜 짓을 하지 않았어. 그런데 딘도 어렸기에 딘을 맡아줄 사람이 필요했지. 그리고 맡겠다는 사람들이 있었는데 거리가 꽤 멀었어. 딘은 에델을 볼 수 없다는 것을 아니까 모두 거절했고. 관리소 쪽에서는 어떻게든 보내야 하다 보니 딘이 도망을 쳤다더군. 그러다 보니 돈이 없어 배가 고플 수밖에."

윤후는 다른 영혼들도 그랬지만 딘이 유독 힘들게 지낸 얘기에 마음이 아팠다. 하지만 딘에 대해 알고 싶었기에 숨을 크게 들이마시고 얘기를 마저 들었다.

"그래서 찰스가 직접 찾아 나섰지. 그런데 딘이 햄버거 가게 앞을 기웃거리는 걸 발견했대. 웬 꼬마가 혼자 테라스의 테이블에 앉아 있었는데 그 꼬마가 들고 있는 햄버거만 쳐다보고 있었다더군. 그래서 딘이 혹시나 나쁜 짓을 할까 데려가려고 다가갈 때, 딘이 눈에 햄버거가 보이니까 참지 못하고 그걸 훔쳐 먹었다더군."

윤후는 기억하진 못하지만 그 꼬마가 자신이라는 것을 알 수 있었다.

"찰스가 빨리 가서 사과하고 다시 주문해 줄 생각으로 다가갈 때 이상한 모습을 봤대. 테라스에 있던 그 꼬마가 햄버거는 신경도 안 쓰고 혼자 노래를 부르고 있었다더군. 그러자 딘도 도망가도 모자랄 판에 테라스 밑에서 웃으면서 같이 노래를 흥얼거렸다더군."

조셉은 지금 자신이 맡고 있는 에델 때문에라도 최대한

자신이 기억하는 대로 자세히 얘기했다.

"그래도 찰스는 꼬마의 보호자가 오면 딘이 잘못될 수 있었기에 급하게 갔다더군. 그런데 꼬마와 딘의 노래가 굉장했대. 찰스가 기타는 못 쳐도 귀는 좋으니까 정확할 거야. 에델만 봐도 노래를 곧잘 하니."

조셉은 에델의 등을 다시 쓰다듬었다.

"서로 말도 통하지 않으면서 손짓까지 하면서 노래했대. 그리고 마침 그 꼬마의 보호자가 왔고. 놀라서 도망가려는 딘을 근처에서 보고 있던 찰스가 붙잡고는 직접 지갑에서 돈을 꺼내줬대. 직접 주라고. 직접 사다 주라고 하고 싶었겠지만 딘이 도망갈까 봐 그렇게 시켰겠지. 그리고 딘이 사과하면서 그걸 주자 보호자로 보이는 사람이 꼬마한테 뭐라고 그랬대. 그러자 그 꼬마가 주머니에서 그걸 꺼내줬다더군."

보호자라면 정훈이었을 테니 윤후는 천 원짜리 지폐를 들고 정훈에게 아는 게 없느냐고 물었다.

"그땐 정신이 없었으니까 아빠도 잘 모르겠네. 아, 그건 기억난다. 아들이 어떤 검은 형이랑 노래 같이하기로 했다고 그런 것 같은데… 그게 딘이었나?"

윤후도 엄마 때문에 정신이 없던 것을 알기에 이해한다는 듯이 고개를 끄덕였다. 그리고 부자의 대화 때문에 잠시 말을 멈춘 조셉이 마저 말했다.

"그날부터 딘이 좀 변했어. 에델한테 찾아와서 노래도 불러주고, 찰스가 연습할 때면 몰래 훔쳐보고 그랬다더군. 그래서 찰스가 왜 그러냐고 물어봤대. 그랬더니 주머니에서 그 지폐를 꺼내면서 그랬다더군. 자신이 노래를 불러서 받은 거 같다고. 그래서 찰스는 어떻게 해서든지 딘이 영주권을 취득하기 전까지는 같이 데리고 있어야겠다고 생각했지. 그 뒤로 딘을 데리고 같이 난민 이주국을 갔는데, 일이 틀어진 거야. 딘은 합의했다고 하더라도 범죄 사실 때문에 난민 신청까지 기각되어 버렸어. 딘은 즉시 도망쳤고, 그리고 찰스가 보는 앞에서 사고를 당했지."

자넷은 에델을 꼭 끌어안았고, 얘기를 듣던 윤후도 충격을 받았다. 그저 아팠을 거라고 생각을 했는데 그게 아니었다.

다른 영혼들이 딘을 구박하며 한 말이 무슨 뜻인지 알았다.

사사건건 구박을 했고, 결국엔 어린놈이 왜 여기 있는지로 끝나는 구박이었다. 그리고 그때는 알지 못했지만, 왜 그 구박이 듣기 싫지 않았는지 알 것 같았다.

딘을 애처롭게 생각하던 영혼들이었기에.

자신의 말을 끝낸 조셉은 이번엔 윤후에게 질문했다.

"어떤가? 자네가 찾는 딘이 맞나? 그런데 왜 딘을 찾으려 했는지 말해줄 수 있나?"

얘기만 들어도 딘이라는 확신이 섰다. 하지만 윤후는 곤란한 질문에 대답하지 못했고, 그러자 제이와 함께 이종락에게 전해 듣던 정훈이 나섰다.

"아들, 같이 부르기로 해서 찾았잖아."

다른 사람이 있어서인지 정훈은 말을 대신하고 그렇게 말하라는 듯 고개를 천천히 끄덕였다.

그러자 윤후가 고개를 끄덕이며 말했고, 그 말을 들은 조셉과 에델은 놀라운 얼굴로 변했다. 그러고는 에델이 윤후를 보며 말했다.

"고마워요. 오빠를 찾아다니는 사람이 있을 줄은 몰랐어요. 정말 고마워요. 저한텐 하나뿐인 오빠거든요."

조셉 부부는 섭섭할 만도 한 말이지만 이해한다는 듯 에델을 쓰다듬고 있었다.

*　　　*　　　*

서로 딘에 대해 자세히 몰랐다. 그럴 수밖에 없었다. 모든 영혼이 그랬듯이 딘도 자신에 대한 얘기를 꺼내지 않았고, 딘의 가족인 에델은 너무 어렸다.

그렇기에 딘에 대해 얘기하려고 해도 할 얘기가 없었다. 그렇지만 딘을 소중하게 생각해서인지 말이 없더라도 분위기는 따뜻했다.

그러자 옆에서 지켜보던 제이가 코를 씰룩거리며 입을 열었다.

"그럼 그 노래가 윤후가 알려준 거고, 우리 에델 오빠가 다시 에델한테 알려준 건가?"

"무슨 노래요?"

"있어. 옥수수 뭐 뜯어 먹는 노래."

"이거요?"

윤후는 엄마하고 자주 부르던 곡이기에 옥수수 얘기를 듣자마자 바로 '옥수수 하모니카'라는 곡이 생각나 확인하기 위해 불렀다.

*우리 아기 불고 노는 하모니카는……*

그러자 에델이 동그란 눈을 하고 맞는다는 듯 고개를 빠르게 흔들더니 이내 윤후의 노래에 맞춰 따라 불렀다.

*옥수수를 가지고서 만들었어요*

윤후는 발음이 약간 서툴지만 곧잘 따라 부르는 에델을 바라봤다. 이미 딘의 동생이 맞다고 생각하고 있었지만 자신이 자주 부르던 노래까지 딘에게 배웠다는 것을 알게 되자 더욱 가깝게 느껴졌다.

윤후는 미소를 지어가며 노래를 불렀다.

그리고 에델의 목소리가 상당히 특별하다는 것을 느꼈다. 제대로 배운 보컬은 아니었지만 조셉이 말한 대로 목소리 덕분에 노래가 듣기 좋았다.

다만 동요라서 제대로 확인할 수 없는 것이 아쉬웠다.

"다른 곡도 알아요?"

"네. 제목은 잘 모르지만……."

"한번 불러볼래요?"

에델은 그제야 부끄러운지 고개를 돌려 조셉 부부를 봤고, 조셉 부부는 에델의 목소리가 듣기 좋은지 해보라는 듯 어깨를 으쓱거렸다. 그러자 에델이 노래를 시작했다.

*난 오늘도 그댈 기다려요*

'기대'라는 곡이었다. 엄마가 좋아하던 곡이기에 자주 불렀다.

윤후는 노래를 따라 부르지 않고 에델이 부르는 노래를 감상했다. 노래는 완벽하지 않았고 발음도 이상했지만 윤후는 끊지 않고 눈을 감으며 감상했다.

정훈도 아내가 좋아하던 곡을 흑인이 부르는 것이 신기한지 멍하니 보고 있었다. 이내 노래가 끝났고, 윤후는 노래를 부른 에델이 아닌 뒤에 서 있던 앤드류를 바라봤다.

"앤드류 씨, 저 마지막 곡 듀엣으로 해도 돼요?"

* * *

듀엣이라는 말에 앤드류는 분명 무슨 곡을 채울 거란 생각은 했지만, 이렇게 빠르게 결정할 줄은 몰랐다.

하지만 곡을 쓸 거라는 것을 어느 정도 예상하고 있어서인지 담담하게 고개를 끄덕였다.

정작 놀란 건 노래를 부른 에델이었다. 긴장하고 있는 데다 자신이 평소 부르는 노래가 아니었다.

그런데 그런 노래를 듣고 현재 제일 인기 있는 가수가 듀엣을 하자고 하니 어떻게 상황이 돌아가는지 이해하기가 힘들었다.

"저… 저랑 듀엣하자고 그러시는 건가요?"

"네, 맞아요."

"…뭘 보고요?"

"지금 노래 들어봤잖아요."

심지어는 조셉까지 이해하지 못하겠다는 얼굴로 고개를

저었다. 집에서 가끔 흥얼거리는 하지만 노래를 제대로 부르는 걸 본 적도 없었고, 무엇보다 부끄럼이 많은 에델이다.

그래서 윤후가 당장 자신이 찾는 사람의 동생을 만나 급하게 결정하는 듯 보였다.

"이 아이는 가수가 꿈이 아니야. 그리고 노래를 제대로 불러본 적도 없어. 그런 아이와 듀엣을 하겠다니. 내 손녀를 생각해 주는 건 고맙지만 자네에게 폐를 끼칠 순 없지."

윤후는 어깨를 으쓱하고는 에델을 봤다. 우물거리며 아무 말도 못 하고 있지만 윤후는 이미 에델이 '기대'를 부를 때 충분히 느꼈다.

누군가에게 배운 실력은 아니었다. 그리고 혼자 연습한 모양인지 생각보다 거칠었다. 하지만 그만큼 자유로웠고, 노래를 들을수록 목소리 자체에 힘이 가득했기에 제안한 것이다.

윤후는 다시 에델에게 물었다.

"한 곡 더 불러볼래요?"

"네?"

"어떤 곡 불러볼래요? 자주 부르는 곡이 뭐예요?"

에델은 조셉 부부에게 허락이라도 받으려는 듯 두 사람을 쳐다봤다.

"하고 싶으면 해도 된단다."

조셉 부부는 자신들에게 허락을 받는 아이가 설마 잘하리라고는 생각하지 못했다. 에델이 조셉 부부를 보며 어색하게 미소를 지었다.

"그럼… 'Mack the Knife' 불러볼게요."

"좋지, 역시 우리 손녀야. 명곡이지."

유명한 재즈곡이었기에 조셉은 말릴 때와 다르게 기대되는지 에델에게 박수를 보냈다.

하지만 윤후는 얼굴을 씰룩이며 말없이 에델을 쳐다보기만 했다. 그러고는 이해하지 못한다는 얼굴로 입을 열었다.

"왜 재즈곡을 부르려고 그래요?"

"네?"

그러자 조셉이 에델의 선곡이 마음에 들었는지 너털웃음을 지으며 대변했다.

"재즈 연주자가 둘이나 있는 집의 가족이니 정통 재즈를 부르는 게 당연한 거 아니겠나? 하하!"

"흠……."

윤후는 가만히 생각하다가 이해했다는 듯이 고개를 끄덕였다. 그러고는 조셉을 쳐다보고 머뭇거리고 있는 에델을 보며 물었다.

"저기 두 분 때문에 그래요?"

"네?"

"저 두 분 때문에 재즈 부르려고 그러는 거예요? 평소에 자주 부르는 건 'Soul' 쪽 아니에요? 뭐, 재즈에서 시작돼서 비슷하긴 해도 다른데… 알리샤 노래 많이 들었죠?"

에델은 너무 놀란 나머지 손으로 입을 가렸다.

그러고는 무언가 들킨 사람처럼 조셉과 자넷을 번갈아 쳐다봤다. 윤후가 고개를 갸웃거리며 말했다.

"왜요? 저 두 분이 재즈 말고는 못 하게 해요? 그럴 분들이 아닌데."

"그런 건 절대 아니에요! 그냥 제가 죄송해서……."

조셉 부부는 놀란 얼굴로 에델을 바라봤다. 윤후의 말대로라면 혼자 연습을 하고 있던 모양이다.

자신들은 재즈로 유명했고, 그 때문에 자신들의 눈치를 보느라 숨어서 연습하고 있었기에 몰랐던 것이다.

그것도 모르고 있던 자신이 한심스러운지 조셉의 표정은 좋지 않았다. 그러자 이번엔 에델이 조셉 부부의 손을 잡으며 말했다.

"저 정말 재즈 좋아해요. 할머니, 할아버지만큼 좋아해요."

그러자 생각에 잠겨 있던 조셉이 에델을 물끄러미 바라보며 미안함이 가득한 얼굴로 말했다.

"에델, 찰스가 한 말 기억하지? 에델 워커로 살게 해줄 수 있었는데 왜 에델 카터로 살게 했는지. 그리고 우리와 함께 하면서도 왜 에델 브라운이 아니고 에델 카터인지."

"네……."

"그래, 이제 완벽한 에델 카터로 사는 거야. 생사는 알지 못하지만 살아 있다면 네가 궁금해하던 네 친부모가 알아볼 수 있도록."

에델은 미안함이 가득한 얼굴이었다.

찰스는 물론이고 지금의 가족인 조셉 부부는 자신의 이름을 바꾸지도 않고 매년 난민 이주국을 통해 에델 카터라는 이름을 찾는 사람이 없는지 알아보았다. 게다가 큰돈을 들여 자신이 온 카메룬에 직접 알아봐 주고는 했다.

"저… 이제 정말 괜찮아요. 다 컸잖아요. 그리고 이제는 할아버지랑 할머니가 가족이잖아요."

"그래, 우리는 가족이지. 그러니까 괜히 우리 눈치 보지 말고 하고 싶은 걸 했으면 좋겠구나. 우리가 재즈를 좋아하는 거지 네가 좋아하는 건 아니잖니? 에델이 무슨 음악을 좋아하는지 궁금한데 한번 들려주겠니?"

에델은 여전히 미안한 얼굴이었다.

그래도 자신을 아껴주는 사람들의 부탁에 결정한 듯 고개를 끄덕였다. 자신이 괜한 말을 꺼낸 것만 같아 미안함에 지켜보던 윤후도 귀를 기울였다.

*Looks like a girl, but she's a flame*

*So bright, she can burn your eyes*

노래가 시작하자마자 이미 예상한 윤후만을 제외하고는 방 안에 있던 사람들은 전부 놀란 듯 입을 벌린 채 에델을 쳐다봤다.

그냥 잘한다는 느낌이 아니었다. 조금 전에 미안해하던 소녀가 아니라는 듯 목소리에 힘이 가득했다.

그리고 약간 거칠었지만 그 거친 보컬 처리 때문인지 감정이 더 노래에 알맞게 들렸다.

윤후 또한 예상보다 잘하는 모습에 자신도 모르게 헛웃음을 지었다.

눈치 보던 모습과 전혀 다른 모습으로 노래를 하고 있었다. 들쑥날쑥한 리듬만 빼면 당장 듀엣을 해도 손색이 없을 정도였다.

윤후는 입을 벌린 채 눈에서 하트가 쏟아질 것 같은 제이에게 조용히 말했다.

"4비트 베이스 드럼하고 스네어 드럼으로 박자 맞춰보세요."

"어? 어……."

에델의 노래에 맞춰 제이가 허벅지와 손바닥을 이용해 박자를 맞췄다.

그러자 조금씩 어긋나던 에델의 리듬이 맞춰지기 시작했다.

윤후가 자리에서 일어나 에델의 노래에 화음을 넣기 시작했다.

*Ohhhh oh oh oh*
*We got our feet on the ground*

누가 가수 아니랄까 봐 조용하게 맞춰주는 화음 덕분인지 에델의 노래는 더욱 풍성해졌다. 노래를 부르는 에델도 그것이 느껴졌는지 어느새 걱정 따윈 없이 신나는 얼굴로 노래를 불렀다.

그리고 노래가 끝나자 윤후는 가볍게 박수를 보냈다. 상당히 경직된 얼굴이던 조셉은 에델의 보며 크게 숨을 뱉고 에델의 머리를 가볍게 쓰다듬었다.

"누가 내 손녀 아니랄까 봐 노래를 이렇게 잘하네!"

에델은 기분이 좋은지 조셉을 끌어안았고, 조셉은 너털웃음을 터뜨리며 에델을 떼어 놓았다. 이어 윤후를 보며 물었다.

"어떻게 재즈 말고 다른 음악을 좋아하는지 알았나?"

"아까 노래 부를 때 재즈처럼 들려도 계속 다른 장르가 섞여 들렸어요. 밴딩은 알엔비처럼도 들리고 리듬 타는 건 또 힙합 같기도 하고. 생각보다 잘 합쳐져 있어서 네오 소울에 잘 어울릴 것 같더라고요."

"잠깐 듣고 그게 들렸다고?"

"네."

조셉은 어이가 없는지 헛웃음을 뱉었다. 그러고는 진지한 얼굴로 윤후에게 다시 물었다.

"그래서 정말 우리 아이와 곡 작업을 할 생각인가?"

"네, 그러고 싶어요."

조셉은 부인인 자넷을 쳐다봤다. 오랫동안 같이 살아서인지 아무 말도 하지 않아도 서로가 무슨 생각을 하는지 잘 아는 부부는 그저 고개를 끄덕였다. 이내 조셉이 말을 꺼냈다.

"그럼 그 앨범에, 우리 손녀가 부르는 곡에 우리도 참여할 수 있나?"

"재즈 말고 다른 곡을 할 건데요?"

"괜찮네. 음악이 어차피 다 한길 아닌가."

"흠, 일단 곡부터 써보고 결정해요."

다른 가수라면 조셉 부부가 앨범에 세션을 봐주는 것만으로도 감사하게 생각했을 텐데 윤후는 자신이 할 수 있어서인지 오히려 인심을 쓰는 듯했다.

그러고는 당사자인 에델에게 물었다.

"어때? 할 수 있겠어요?"

"제가… 잘할 수 있을지는 모르겠는데… 해보고 싶어요."

"그래요. 어렵진 않아요."

옆에서 전해 들은 제이는 왠지 자신만의 보석이 걱정되는지 윤후에게 말했다.

"무대에 설 수 있겠어? 너랑 같이 부르면 네 팬들이 엄청 몰릴 텐데."

그 말을 그대로 윤후가 에델에게 해주었고, 에델도 약간 걱정되는 듯 망설였다. 하지만 결심한 듯 이내 입을 열었다.

"그래서 햄버거 가게에서 일한 거예요. 사람들하고 자주 부딪쳐서 익숙해지려고……."

"그럼 원래 가수가 꿈이었어요?"

"네. 그냥 말 그대로 꿈이었어요. 이렇게 이루게 될 줄은 몰랐지만……."

윤후는 나름 준비하고 있던 에델의 모습에 미소를 지었고, 제이는 그런 윤후의 미소가 불안했는지 조용하게 말했다.

"네 형수니까 실수해도 살살해. 좀 쉬면서 하고. 알겠지?"

윤후는 제이를 위아래로 훑었다.

에델에 대해 몰랐을 때는 상관없었는데 딘의 동생이라는 것을 알게 되자 제이가 신경 쓰였다.

윤후는 에델에게 제이를 가리키며 말했다.

"조심해야 될 사람이니까 가까이하지 마요."

"여보요?"

"여보?"

"네. 애칭이 여보라고 했는데……."

윤후는 이종락에게 구박당하는 제이를 보며 고개를 흔들었다. 혼나면서도 에델에게서 눈을 떼지 못하는 제이였다.

"여보는 허니랑 같은 말이니까 하지 마요. 그냥 아저씨라고 부르면 돼요. 아. 저. 씨."

*　　*　　*

제이와 조셉 부부는 다음 날 뉴올리언스로 가야 했기에 에델과 함께 집으로 갔고, 앤드류는 그들을 데려다준다며 나갔다.

꽤 오랫동안 오지 않았기에 숙소에 혼자 남은 윤후는 기타를 안고 생각에 잠겨 있었다.

*내 삶에, 어둠만이 가득했던 그 시절에, 우연히 너를 만났던 그날에*

'그게 나였구나.'

딘과 함께 만든 'Feel my heart'의 가사를 생각 중이다. 조셉에게 전해 들은 딘의 힘들었을 상황을 떠올리자 곡의 가사가 굉장히 마음 아프게 다가왔다.

*단, 단 하루만 너와 함께할 수 있다면, 오*
*그렇게 될 수 있다면*

'나일 수도 있고… 에델일 수도 있고… 그래도 같이 노래를 부르고 싶었구나, 딘.'

윤후는 딘을 떠올리며 그동안 유일하게 가사를 바꾸지 않은 'Feel my heart'를 영어로 바꾸기 시작했다. 그렇게 바꾼 가사를 한참이나 들여다보자 딘이 더욱 그리웠다.

가사를 읽고 또 읽어보던 윤후는 기타를 튕기기 시작했다. 그러고는 한 악절을 부르고 노래를 멈췄다. 마치 딘에게 부르라는 듯 연주만 하는 윤후였다.

'같이 부르면 좋았을 텐데…….'

딘이 에델에게 노래를 알려줬을 모습을 상상했다. 어떻게 불렀을지 궁금했기에 윤후는 상상하기 시작했다.

그러다 보니 딘이 노래를 부르는 모습과 그 노래를 따라 부르는 에델이 상상되었다.

윤후는 미소를 지으며 자신의 상상 속 남매의 노래에 자신도 함께 부르기 시작했다. 그러다가 문득 드는 생각에 윤후는 고개를 번쩍 들었다.

"그래, 딘도 같이 부르게 해줄게."

윤후는 다짐이라도 하듯 고개를 끄덕이고는 입술을 굳게 다물었다.

*　　　　*　　　　*

다음 날, 한국에 있던 김 대표는 제이의 촬영에 대해 이종락에게 보고를 받다가 윤후에 대한 소식을 전해 들었다.

정훈을 제외하고 윤후의 얘기를 아는 사람은 대식과 자신뿐이기에 내색하지는 못했지만 마치 자신의 일처럼 기뻤다.

"이 여자가 그 소매치기 동생이었구나. 자식이, 그래도 뭘 그렇게 놀라고 있어. 멋있게 덤덤하게 있어야지."

김 대표는 흐뭇한 미소를 지으며 인터넷에 올라온 영상을 봤다.

영상에 나오는 여자는 아마도 전 세계적으로 얼굴이 알려졌을 것이다.

자신만 하더라도 처음에 봤을 때는 윤후가 흑인 취향이라며 오해했다.

하지만 MfB에서 내놓은 공식 입장은 윤후가 몸 상태가 좋지 않아서 휘청거렸을 뿐이라고 했고, 마침 병원에 입원한 기록까지 있던 터라 쉽게 넘어갈 수 있었다.

윤후의 팬들은 윤후에게 아프지 말라며 응원의 글을 남겼고, 윤후의 소식이 제일 잘 올라오는 'W. I. W.'로 몰려들었다.

그리고 윤후가 짧게나마 KBC와 촬영했다는 것이 소문났는지 다른 방송국들로부터 어떻게 그럴 수 있느냐란 전화를 받았지만, 김 대표 본인도 모르는 일이었기에 따로 답변할 것이 없었다.

다만 방송국들이 스스로 제이는 물론이고 후아유 멤버인 루아까지 근황을 촬영하고 싶다며 요청해 왔다.

물론 윤후가 얼굴을 비출 수 있기에 들어온 요청이었다.

김 대표는 미국에 가서도 회사에 도움을 주는 윤후를 떠올리고는 피식 웃으며 다시 햄버거 가게에 있는 윤후의 영상을 재생했다.

그런데 그 영상을 보던 김 대표는 문득 의아한 생각이 들었다.

MfB라면 영상이 뜨자마자 내렸을 텐데 왜 아직까지 아무런 대응도 없이 영상이 퍼져 나가게 내버려 두는 건지 궁금했다.

"뭐, 어련히 잘 하겠지. 그나저나 제이는 잘하고 있나."

*　　　*　　　*

축제를 TV에서 중계하지 않았기에 궁금하던 김 대표는 인터넷에 실시간으로 올라오는 영상을 직접 찾아봤다.

전부 영어로 된 제목들 탓에 하나하나 클릭해 가며 보던 중 사진으로 본 사람이 눈에 들어왔다. 제이와 함께 연주하기로 한 조셉이었기에 김 대표는 혹시 제이도 나올지 모른다는 생각에 영상을 클릭했다.

그러자 사람들에게 손을 흔들며 지나가는 조셉이 보였고, 그 뒤에 실실 웃으며 누군가와 얘기하며 걷는 제이가 보였다.

가끔 사람들에게 손을 흔드는 모습에 김 대표는 왠지 모르게 뿌듯한 맘이 들었다.

사람들이 뭐라고 말하는지 궁금해졌다.

"최 팀장, 이거 뭐라고 그러는 거야?"

김 대표의 말에 최 팀장이 옆으로 다가와 같이 영상을 보기 시작했다. 최 팀장이 머쓱해하며 입을 열었다.

"내일 있을 공연과 조셉 씨에 대한 얘기입니다."

제이에 대한 얘기가 없더라도 그들과 함께 있는 것만으로 굉장해 보였다.

최 팀장도 마찬가지인지 흐뭇하게 지켜봤고, 화면을 보던 최 팀장이 고개를 갸웃거렸다.

"왜 그래?"

"조셉 씨 뒤의 이 여성분, 햄버거 가게 영상에 나온 사람입니까? 조셉 씨 손녀?"

"그런가? 맞나 보네. 왜?"

"한국말을 잘하는 거 같아서 그럽니다. 제이한테 아저씨라고 부르는데요."

"뭐? 어우, 가뜩이나 나이도 많은데 하고많은 말 중에 왜 하필 아저씨야?"

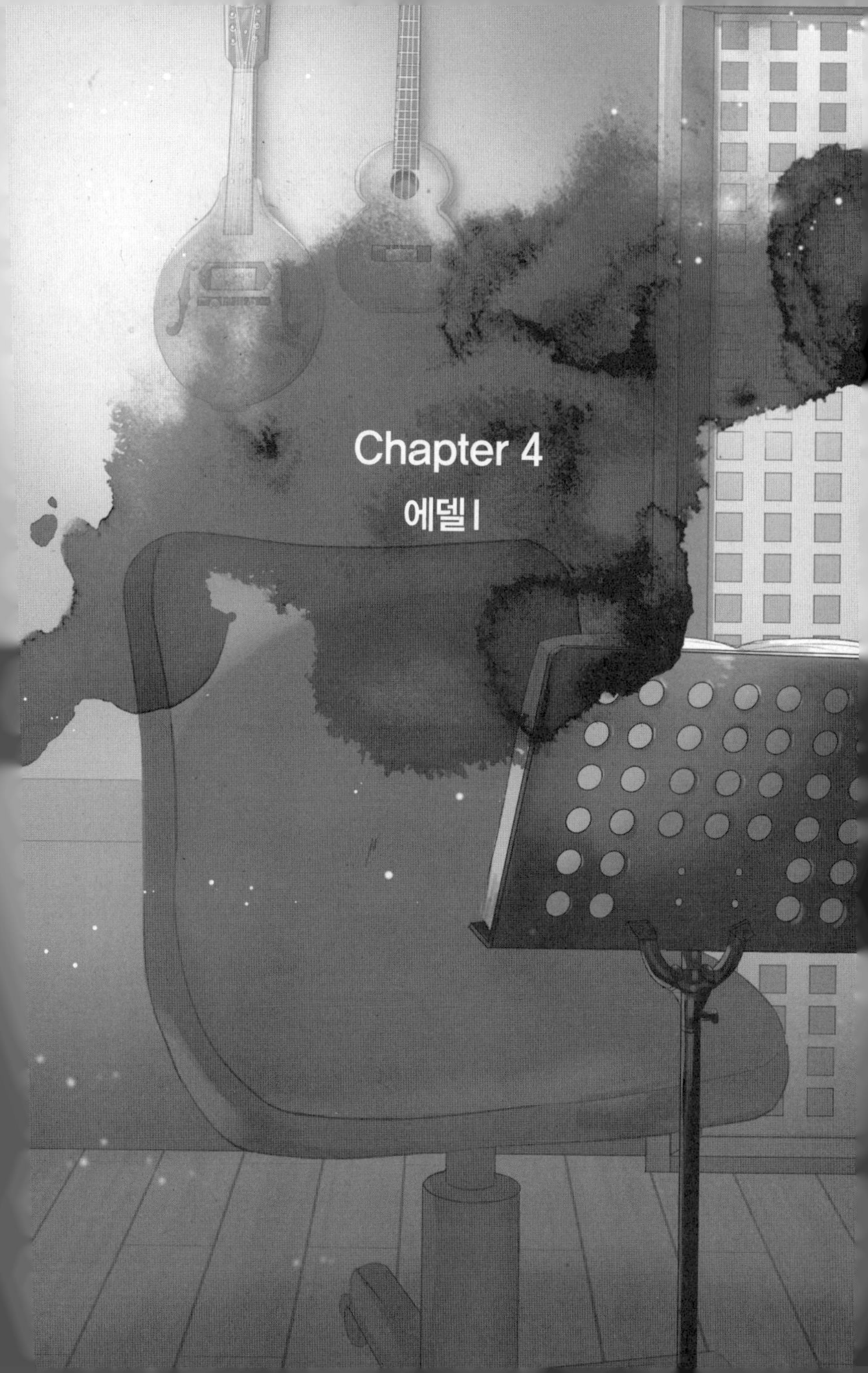
Chapter 4
에델 I

다음 날, 조셉을 따라 뉴올리언스에 따라온 에델은 대기실에 자리했다.

대기실에는 조셉 부부는 물론이고 제이와 한국에서 온 촬영 팀이 대기실의 모습을 담고 있었다.

그럼에도 조셉은 카메라는 신경 쓰지 않고 무대를 궁금해하는 에델만 보고 있었다.

에델이 무대에 서는 것은 아니지만 가까이서 보라고 권유했고, 잘한 선택이라는 생각이 들었다.

"네가 서야 할 무대는 지금 이 무대보다 더 많은 사람들이 있을지도 몰라. 이 할아버지가 하는 걸 가까이에서 보고 눈에 담아두렴."

조셉은 잠시 후면 큰 무대에 올라야 함에도 긴장감이라고는 전혀 없었다. 다만 며칠 뒤에 뉴욕으로 가는 손녀 걱정만 가득했다.

"제가 잘할 수 있을까요?"

"물론. 누구 손녀인데. 그리고 그놈, 허튼소리 하는 놈이 아니야. 적어도 음악에 관해선."

조셉의 응원에 에델이 미소를 짓자 이번엔 자넷이 에델의 손을 잡으며 말했다.

"그래도 이 할머니는 긴장되는데? 에델이 노래 한 곡만 불러줬으면 좋겠는데?"

"그럴까요?"

"그래줄래? 후한테 들려준 그 곡이 좋겠는데."

에델은 고개를 끄덕이며 자넷의 옆에 앉아 조용히 노래를 불렀다.

자넷은 한국어 가사이기에 알아듣지 못함에도 손녀의 목소리가 좋은지 눈을 감은 채 감상했다.

그리고 대기실 촬영을 허락받은 촬영 팀이 촬영을 마무리 지으려 할 때 한국에서 꽤 유명한 곡인 '기대'가 들려왔다.

카메라를 돌려보니 조셉의 손녀가 노래를 부르고 있었다.

카메라 감독은 그저 한국 노래를 부르는 게 신기해서 잠깐만 담을 생각으로 에델을 카메라에 담았다.

애델은 노래를 부르다가 많은 사람들이 보고 있어서인지 왠지 쑥스러웠고, 그중 유난히 자신을 뚫어지게 보고 있는 제이와 눈이 마주쳤다.

"아저씨, 박자 좀……."

그러자 제이가 눈치를 채고 알았다는 듯 고개를 빠르게 끄덕이며 윤후와 있을 때 하던 것처럼 자신의 허벅지를 두드렸다.

진짜 드럼이라도 연주하는 듯 성심성의껏 허벅지를 두드렸다. 그리고 노래를 마친 에델은 제이에게 인사를 하고 곧장 자넷의 어깨에 머리를 기댔다.

"잘하네. 그럼 이번엔 할머니하고 할아버지 차례인가?"

마침 조셉 부부의 순서가 되었기에 자넷은 에델을 보며 장난스럽게 피아노 연주하는 시늉을 하며 일어섰다.

* * *

에델이 조셉을 따라 뉴올리언스로 갔기에 휴스턴에 혼자 남아 있는 윤후는 노래에 대해 생각 중이었다.

하지만 잘 풀리지 않는지 계속 수정하고 있었고, 앤드류는 그런 윤후의 모습을 처음 보는 탓에 신기한 듯 바라보고 있었다.

언제나 막힘없이 생각하던 대로 음악을 뽑아내는 윤후였다.

그래서 궁금하기는 했지만 걱정되지는 않았다. 그렇기에 들고 있던 태블릿 PC로 고개를 돌렸다.

앤드류는 윤후보다 오히려 에델이 걱정되었다.

인지도가 없는 건 물론이고 경험조차 전무한 사람이 윤후의 앨범에 참여한다는 것을 밝히면 좋든 싫든 안 좋은 말이 나올 것이 분명했다.

함께 작업하고 싶어 하는 사람이 줄을 서 있는데도 그중 신인을 택한 것에 대한 의문을 품을 것이고, 그런 부담감은 에델이 감당해야 할 것이다.

앤드류는 실력에 대한 의문으로 생기는 부담감보다는 사람들의 기대에 따른 부담감이 낫다고 생각했다.

그리고 사람들의 궁금증을 극대화시킬 생각이다.

그렇기에 인터넷에 올라온 햄버거 가게 영상도 내리지 않았다. 해명은 하긴 했지만 구독자를 늘리기 위해서 여전히 자극적인 제목들로 영상이 퍼지고 있었다.

대부분 별 내용은 없었지만 제목만큼은 에델에게 관심을 쏟게 만들었다.

햄버거 소녀, 후의 연인?

제이가 본다면 기겁할 만한 제목이다. 앤드류는 자신이 준비한 일을 기다리는 중이다.

그때 뉴욕에 있는 팀으로부터 메시지가 도착해 곧바로 음원 사이트에 접속했다.

현재 두 곡이 공개된 윤후의 앨범으로 들어가자 맨 마지막 비어 있던 자리에 글이 채워져 있었다.

[? — Who with Edel Carter]

앨범에 있는 다른 곡과 마찬가지로 회색 글씨였다. 그리고 앤드류는 에델에 대한 정보를 아예 제공하지 않았다. 조셉 부부를 이용할 만도 했지만 그 두 사람이 아닌, 에델이라는 사람에 대한 관심이 필요했다.

그래야 에델이 윤후와 곡 작업이 끝나더라도 스스로 걸어 나갈 수 있었다.

이상하리만치 십 년 전 인연에 대해 소중하게 생각하는 윤후였고, 지금까지 앤드류가 봐온 윤후를 생각해서 내린 결정이다.

그런 앤드류의 결정이 맞았다는 듯 팀원에게서 전화가 왔다.

—지금 에델 카터가 누군지 계속 문의가 오는데요. 사진이라도 공개할까요?

"아니, 내버려 둬. 더 궁금해하라고. 그리고 후 씨의 인기가 떨어지면 안 되니까 후 씨 곡부터 관리 잘하고."

—그건 걱정 안 하셔도 돼요. 참, 루이지애나 육군훈련소에서 파병되어 가는 군인들을 대상으로 하는 행사에 참여 요청이 왔는데요. 어떡할까요?

"군인? 군인이 왜?"

—아, 지금 자료를 메일로 보낼게요.

앤드류는 알았다고 하고 전화를 끊었다. 잠시 기다리자 메일이 도착했다. 내용을 보던 앤드류는 윤후가 'Wait'를 녹음하던 당시 엔지니어인 제이콥이 한 말이 떠올라 피식 웃었다.

윤후를 쳐다보자 자신이 옆에서 전화를 해서인지 멀뚱히 보고 있었다.

"죄송합니다."

"아니에요. 그런데 군인이라뇨?"

"아, 'Wait' 때문에 그럽니다. 제이콥 씨가 한 말 기억나십니까? 파병되어 가는 군인들도 자신들 얘기처럼 들렸나 봅니다."

"아……."

윤후도 신기한지 피식 웃었다. 하지만 할 일이 있었기에 갈 수가 없었다.

"안 가도 되죠?"

"죄송합니다만, 가시는 게 어떻습니까? 정부 요청이라서가 아니라 에델 씨를 위해서라도 어느 정도 활동이 있는 것이 좋을 거라 판단됩니다."

앤드류는 음원 사이트에 올라온 앨범을 보여주고 자세히 설명했다.

그러자 윤후도 설명을 들으며 이해를 했다는 듯 고개를 끄덕였다.

"날짜는 삼 일 뒤니까 갔다가 다시 휴스턴으로 오시겠습니까, 아니면 바로 뉴욕으로 가시겠습니까? 뉴욕으로 가신다고 하면 뉴올리언스와 중간 지점이라 에델 양은 저희가 데려오도록 하겠습니다."

"네, 준비해 주시는 대로 바로 갈게요."

다섯 영혼의 흔적을 전부 찾았기에 휴스턴에 남아 있을 이유가 없었다.

*　　　　*　　　　*

한국에 있던 KBC의 연예 TV의 담당 PD는 미국에서 보내온 영상을 편집 중이었다.

이틀 뒤 생방송으로 진행되는 방송에 내보내야 하기에 걱정했는데 생각보다 빠르게 보내와 한시름 덜었다. 그래서 제대로 된 인터뷰 영상을 편집하기 위해 영어가 능숙한 후배 PD까지 데려와 영상을 여유롭게 보고 있었다.

"이 흑인 여자는 왜 이렇게 찍었어? 뭐, 그래도 노래는 잘하네."

"이 노부부의 손녀래요."

"그래? 조셉 가족과도 친한 모양이네. 가족이랑 친한 모습이 보기 좋네. 그런데 자막 팀은 왜 안 와? 시간 없으니 편집하면서 의논하자니까."

마침 여성 작가가 편집실로 들어왔다. 메인 PD가 못마땅한 듯 혀를 차며 말했다.

"너 뭐 했냐? 왜 이렇게 늦게 와?"

"PD님 계시기 전까지 편집실에 있다가 잠깐 밥 먹고 왔거든요? 후 미국 근황 때문에 강 PD님하고 같이 편집했단 말이에요."

"아, 그래? 일단 앉아."

아무래도 윤후의 근황이 궁금한 시청자가 많다 보니 자신이 지시한 일이다. PD는 멋쩍게 웃으면서 의자를 내밀었다. 다시 편집이 시작되었고, 화면을 보던 작가가 고개를 갸웃거렸다.

“에델? 에델… 에델… 어디서 들어봤는데…….”

“에델? 에델바이스 그런 거 아니야?”

“그런가? 아, 이상하네. 들어본 것 같은데…….”

그러고는 5분 남짓 지나 편집이 완료되자 PD가 작가에게 말했다.

“나 여기 있을 테니까 너희들 빨리 가서 자막 상의해 와. 이거 리포터 대본은 자막 주고 나서 쓰고.”

작가가 알았다는 듯 고개를 끄덕이며 자리에서 일어섰다.

“그리고 올 때 윤후 근황 자막도 같이 가져와.”

“휴, 알았어요. 다녀올게요.”

작가는 PD의 뒤통수에 대고 얼굴을 씰룩거리고는 문고리를 잡았다. 그러다 후의 근황에 대한 조사를 하다가 알게 된 것이 떠올랐다.

작가는 다시 급하게 자리에 앉았다.

“너 뭐 하냐? 자막 안 가져와?”

“기다려 봐요!”

“어쭈?”

작가는 곧바로 인터넷에 접속해 윤후의 앨범으로 들어갔다. 그러고는 앨범에 있는 이름을 보고 손가락을 튕겼다.

“빙고!”

"빙고는 무슨… 장난해?"

"히히, PD님, 저한테 뭐 해주실래요?"

"해주긴 뭘 해줘?"

작가는 씨익 웃으며 화면에 멈춰 있는 에델의 얼굴을 손가락으로 짚었다.

"이 여자, 이름 에델."

"그래, 에델. 아까도 말했잖아."

그러자 작가는 눈썹을 씰룩거리며 조금 전 자신이 찾은 윤후의 앨범을 보여주었다.

"이게 후의 새로 나올 신곡. 듀엣곡이라고 다들 궁금해하고 있는데 여기 이 사람 이름 봐요."

"에델? 에델 카터? 에델……."

"일단 서 PD님 아직 미국에 있죠? 맞나 물어봐요."

PD는 대꾸할 시간도 없는지 곧바로 전화를 꺼내 들고 미국에 있는 PD에게 전화를 걸었다.

"야, 에델 성이 뭐야?"

—성? 조셉 씨 손녀니까 에델 브라운이겠죠.

"확실해? 야, 제대로 알아보고 바로 연락해. 끊지 말고 지금 바로."

기다리는 사이 알아봤는지 서 PD의 목소리가 들렸다.

—이상하네. 왜 성이 카터지?

"카터? 카터! 에델 카터 맞지?"

—왜요? 왜 그러는데요?

"야, 그 여자 인터뷰 가능하냐? 아니, 안 되도 그냥 제이 일상생활 촬영을 더 해야 한다고 하고 촬영해 와. 내가 라온에는 지금 바로 얘기할 테니까 넌 책임지고 추가 촬영해서 보내."

—아니, 갑자기 그게 무슨 소리예요? 촬영할 것도 없는데…….

"그냥 대화하는 거 아무거라도 촬영해, 인마!"

피디는 전화를 끊고 자신을 보고 있는 후배와 작가를 쳐다봤다. 그러고는 떨리는 목소리로 입을 열었다.

"맞대. 이 여자가 에델 카터. 후 신곡 듀엣 부르는 사람이었네. 애들한테 한 시간 뒤에 모이라고 해. 그전에 에델 카터가 누구인지 기사 쓴 곳 있나 확인하고. 우리나라 말고 전 세계."

"아니, 찾은 건 내가 찾았는데… 또 일 시키네."

"잘했어, 인마! 자식이!"

PD는 진심이라는 듯 작가의 등을 세게 두드렸다.

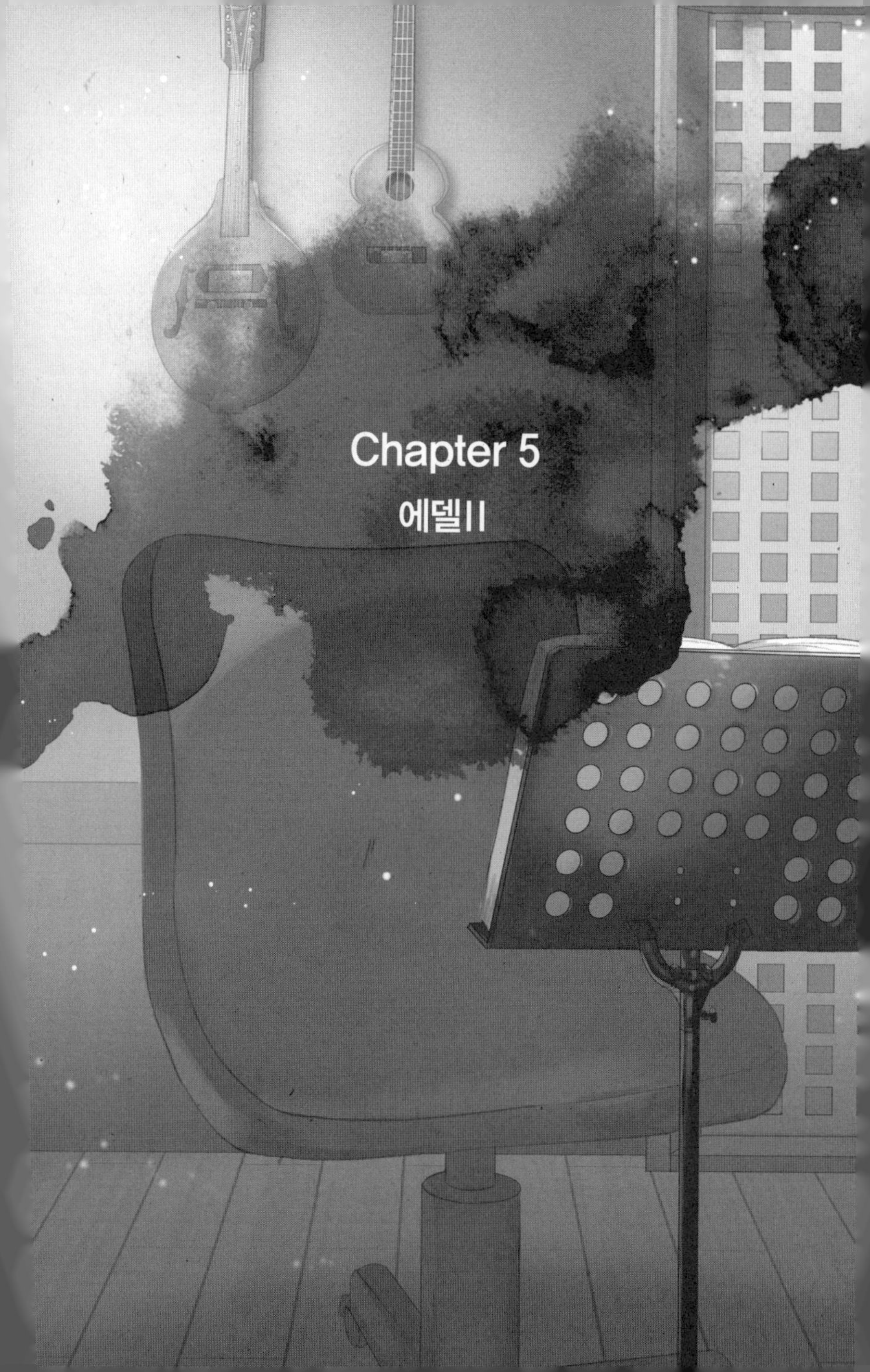
Chapter 5
에델II

연예 TV의 방송 당일. 김 대표는 제이의 어떤 모습이 담겨 있을지 기대하며 방송을 기다렸다. 늦은 시간이기에 다들 퇴근했고 아직 남아 있는 최 팀장과 함께였다.

"제이 정말 출세했어. 처음에 받을까 말까 엄청 고민했는데. 하하!"

"다 대표님 덕분입니다."

"농담이다, 농담. 별다른 말은 없었지? 어제 기사는 생각보다 안 올라오던데."

"오늘 방송이 나가고 나면 올라올 겁니다."

윤후가 회사에서 나가고 라온의 첫 주자였기에 더욱 신경이 쓰였다. 그리고 마침 TV에 제이의 모습이 나왔다.

인터뷰를 상당히 좋게 해준 조셉은 물론이고 윤후까지 인터뷰를 했다. 윤후가 휘청거린 햄버거 가게에서 촬영한 간단한 응원이었지만, 미국에서 같이 있는 모습만으로도 충분히 도움이 됐다.

그리고 제이의 공연 전 인터뷰 영상과 사람들의 반응이 잠깐 나왔다. 반응이야 조셉 부부와 함께하는 데 나쁠 리가 없기에 걱정도 하지 않았다.

만족스러운 듯 고개를 끄덕였다.

"잘 나왔네. 자식이 조금 멋있네. 그렇지?"

"네, 멋있네요."

최 팀장은 제이가 나오는 화면을 뿌듯한 얼굴로 쳐다봤다. 충분히 만족했다. 인터뷰가 끝났기에 TV를 끄려 할 때, 다음에 이어지는 소식이 귀에 들어왔다.

―다음은 한국의 자랑이죠. 한류 스타가 아닌 그냥 전 세계 슈퍼스타 후에 대한 근황입니다. 며칠 전 휘청거린 모습 때문에 많은 분들이 걱정하셨는데 그래서 저희가 한번 알아봤습니다. 자, 지금부터 보시죠!

"뭐야? 윤후 인터뷰도 했어? 그럴 리가 없는데."

"많이 변했으니 추가로 인터뷰했을 수도 있습니다."

"변하긴… 종락이가 그러더라. 다른 건 다 변했는데 인터뷰는 똑같다고. 한국에 있을 때보다 활동을 더 안 한대."

김 대표의 생각대로 화면에는 윤후의 인터뷰는커녕 조금 전에 제이와 대화하는 장면이 다시 나왔다.

기분 좋게 화면을 보고 있는데 볼수록 의아했다.

"이거 윤후의 근황이라고 안 그랬어? 그런데 왜 저렇게 제이만 나와? 방송 사고인가?"

"좀 이상하긴 합니다."

화면에는 재즈 축제 무대에 오르기 전 대기실의 모습이 나왔다. 그러고는 아까 제이의 소식 때 조셉의 손녀라고 소개한 에델이 노래를 부르는 모습이었다.

"아저씨! 또 아저씨! 쟤는 왜 제이를 아저씨라고 부르는 거야?"

김 대표가 못마땅한 얼굴로 코를 씰룩일 때, 화면이 스튜디오로 넘어가고 MC의 멘트가 이어졌다.

—지금부터 알려 드릴 내용은 세계 최초입니다. 지금 후의 앨범 마지막 신곡에 대해 많은 분들이 궁금해하시는데 저희가 찾아봤습니다.

화면은 인터넷에 올라온 윤후와 에델이 만나는 장면이었다. 윤후의 앨범에 에델 카터라는 이름을 보여준 뒤 화면이 바뀌었다.

누군가 이름을 물어보는 듯했고, 에델이 자신의 이름을 소개하는 장면이었다.

—네? 전 에델 카터인데요. 왜요?

**—보시다시피 세계적인 재즈 연주가인 조셉 부부의 손녀인 에델 카터. 후와 듀엣으로 참여하는 가수가 이 사람이 아닐까 조심스럽게 추측해 봅니다.**

고개를 갸웃거리던 김 대표는 화면을 보다 말고 얼굴을 씰룩거렸다. 그러고는 곧바로 휴대폰 케이스를 벗겨냈다. 그러자 케이스에 넣어둔 종이가 나왔고, 그 종이를 확인한 김 대표는 이해했다는 듯이 고개를 끄덕였다.

'딘 카터… 랑 연관 있는 사람이었네. 그런데… 전 세계 최초?'

김 대표는 혹시 제이 때문에 윤후에게 피해가 갈지도 모른다는 생각에 급하게 이종락에게 전화를 걸었다.

"종락아, 큰일 났다. 지금 어디냐?"

—무슨 큰일이요? 설마 우리보다 더 큰일 났으려고.

"장난 아니라니까. 지금 에델 카터라는 애랑 같이 있냐?"

—어? 어떻게 알았어요? 뭐야? 정말 어떻게 안 거야?

"야, 그 애, 윤후랑 듀엣하는 애 맞지?"

—어라? 어떻게 알았어요? 야, 윤후야, 너 대표님이랑 통화했냐?

김 대표는 옆에 윤후도 있다는 걸 알아채고는 곧바로 윤후를 바꾸라고 말했다.

"윤후야, 딘… 카터… 맞지?"

—아! 네, 맞아요. 제가 나중에 자세히 얘기해 드릴게요. 저도 안 지 며칠 안 됐거든요.

"어, 그래. 그런데 그것보다 조금 전 한국 방송에서 너하고 듀엣하는 사람이 그 에델이라고 나왔거든. 그래도 되는 거냐? 혹시 우리 때문에 문제가 생긴 걸 수도 있으니까 그 앤드류 좀 바꿔줘 봐."

—지금 앤드류 씨는 멀리 있어요. 그리고 저희 지금 들어가 봐야 돼요.

"뭐 하는데 그렇게 바빠? 이거 진짜 중요한 일이야."

—흠, 지금 저희들 군인들한테 둘러싸여 있어요.

* * *

김 대표는 군인들에게 둘러싸여 있다는 소리에 덜컥 겁부터 났다.

“그게 무슨… 소리냐?”

—야, 인마, 그렇게 말하면 대표님 쓰러진다. 내가 말할게. 줘봐.

그렇지 않아도 윤후가 한 말 때문에 쓰러지기 일보 직전이던 김 대표는 전화 너머로 들려오는 이종락의 목소리에 가슴을 쓸어내렸다.

—저희가 윤후 만나서 뉴욕으로 같이 가려고 기다리고 있는 중이거든요.

“그런데 군인은 뭐야? 뭐 하는데 군인한테 둘러싸여 있어?”

—윤후가 행사해야 한다고 루이지애나에서 만나자고 해서 왔더니 무슨 행사 장소가 군부대예요.

“아니, 무슨 행사를 군부대에서 해? 걸 그룹도 아니고.”

—몰라요. 조셉 씨 부부랑 다 같이 있어요. 나중에 전화할게요.

정작 말하고 싶은 것은 말하지도 못했는데 전화가 끊겨 버렸다.

*　　*　　*

윤후는 전화를 끊고 주위에 있는 사람들과 사진을 찍어주기도 하고 사인도 해주었다. 자신뿐만이 아니라 가끔씩 조셉도 알아보는 터에 조셉과 윤후만이 고생 중이었다.

그저 대기실에 있다가 노래만 부르고 바로 가는 걸로 알았다. 하지만 행사라기보다는 파티 분위기였다. 무대도 커다란 강당이었고, 관객들은 곧 파병 나갈 군인들과 그들의 가족이었다.

다들 서서 가볍게 음식을 먹거나 가족들과 얘기를 하고 있었고, 윤후 일행은 그들 사이에 있었다.

군부대라서 그런지 경호원 대신 군인이 경호를 했고, 윤후 일행은 마치 파티의 일원이 된 듯 즐기고 있었다.

그리고 무대에서는 군인들로 이뤄진 밴드가 연주하고 있었고, 그에 연주를 들으며 얘기를 나누었다.

"미군들까지 너를 알아보는 거 보니까 신기하네."

제이처럼 윤후도 신기했다. 공연을 할 때도 대부분 여자 관객이 많았기에 느끼지 못했는데, 지금 이곳에서 자신과 사진 찍길 바라는 군인들이 신기하기만 했다.

그리고 잠시 뒤 멀리 있던 앤드류가 사람들을 뚫고 다가오는 모습이 보였다.

"죄송합니다. 잠깐 조율을 하느라 늦었습니다."

"무슨 문제 있어요?"

"아닙니다. 후 씨가 무대에서 노래 부르는 영상을 국방부에서 뉴스로 알리고 싶다더군요."

"제가 뭐 해야 돼요?"

"아닙니다. 평소대로 하시면 됩니다. 전에 하신 것에서 도니 테마곡만 'Wait'로 바꿔 부르시면 됩니다. 순서는 'Lon'부터 시작하면 됩니다."

윤후는 알았다는 듯 고개를 끄덕였다. 그리고 잠시 뒤 'Major General BG'라는 말과 함께 높아 보이는 사람이 한참 동안 말을 했다.

"교장도 아니고 뭐 저렇게 오래 말해?"

"교장이 누군데요?"

"학교 교장. 학교 조회할 때… 아, 학교에서 조회할 때 저런 사람 꼭 있거든."

"마이클 같은 사람인가 보네요."

학교를 안 다녀본 윤후는 영화음악 팀에서 말을 많이 하던 마이클을 떠올리며 동의한다는 듯 고개를 끄덕였다.

지겨운 시간 때문인지 윤후는 다른 생각을 하다가 김 대표에게서 걸려온 전화를 앤드류에게 말하지 않았다는 것을 떠올리고는 앤드류의 귀에 대고 조용하게 말했다.

"에델이 조셉 씨 손녀라는 거 한국 방송에서 나왔대요."

"그렇습니까? 생각보다 빠르군요."

그리고 마침 앤드류의 휴대폰이 울리기 시작했다. 자리가 자리인 만큼 전화를 받지 않았지만, 번호만 확인해도 무슨 일인지 느낌이 왔다. 윤후의 팀원이었고, 아마도 한국에서 나온 얘기가 퍼지기 시작했을 것이다.

너무 일찍 알려진 것 같아 약간 걱정이 되었다. 이럴 때 임팩트 있게 등장한다면 더할 나위 없을 텐데 에델은 그럴 만한 것이 아무것도 없었다.

"그럼 뉴욕에 가는 대로 준비하는 게 좋겠습니다."

윤후는 고개를 끄덕였고, 잠시 후 훈화 같던 군인의 긴 연설이 끝났다. 윤후가 무대에 오를 차례였다.

"장병 여러분. 오늘 파티에 축하 공연을 해주시러 오신 분이 계십니다. 바로 'Lon'과 'Wait'의 주인공 Who!"

사회자가 소개하자 장병들과 그 가족들이 환호성을 질러댔다. 강당이라서 그런지 귀가 멍해질 정도의 환호성에 윤후는 일행에게 산책이라도 가는 듯 다녀오겠다고 말하고 무대로 걸어갔다.

그러고는 먼저 오늘 무대에서 MR 대신 연주를 할 밴드에게 가볍게 인사를 했다.

기타 외에 다른 악기가 들어가는 'Lon'을 뒤에 있는 밴드가 연주해 주기로 했다.

솔직히 윤후가 마음에 들어할 만한 실력이 아님에도 윤후는 이해한다는 듯 미소까지 보였다.

그리고 그 밑에서 준비하는 모습을 지켜보던 제이와 이종락은 약간 걱정되는 얼굴로 지켜봤다.

윤후라면 노래를 부르다 말고 마음에 들지 않으면 '다시'라고 말할 것이 분명했다. 설마 여기서도 그럴까 걱정하며 지켜봤다.

"안녕하세요. 가수 후입니다. 첫 곡은 'Lon'입니다."

"론! 론! 론! 변하지 않길!"

"네, 맞아요, 그 노래. 그럼 시작할까요?"

윤후가 군인들로 이뤄진 밴드를 쳐다보자 강당에 드럼, 기타와 함께 전자 키보드 소리가 합쳐지기 시작했다. 윤후의 얼굴이 역시 만족하지 못한 듯 씰룩거렸다.

제이와 이종락은 일촉즉발의 상황에 가슴이 두근거렸다. 곧 듣지 않았으면 하는 말이 들려올 것만 같았다.

*같이 있는 것만으로도 즐거워. 나도 모르겠는데 이상하게 편해*

꾹 참고 노래를 시작하는 윤후였고, 노래를 하면서 점점 표정이 풀리기 시작했다. 제이는 엄청 놀랐다.

자신이 당한 것만 하더라도 셀 수 없을 지경인데 지금 참고 노래하는 모습에 정말 많이 변했단 생각이 들었다.

*론, 론, 론, 론, 로온. 변하지 않길. 지금 우리 모습. 지금처럼 즐겁게*

어느덧 윤후는 미소까지 보이며 다리를 구부리는 율동까지 보탰고, 강당 안의 군인들과 가족들 모두 동시에 다리를 구부리는 진풍경을 연출하고 있었다.

제이는 윤후가 한결 어른스러워진 것 같은 느낌에 왠지 뿌듯했다.

그렇게 'Lon'의 무대가 끝나고 이제 남은 두 곡은 윤후 본인이 기타를 연주하며 부르는 곡이었다. 윤후는 오늘 있는 행사가 어떤 행사인지 들었기에 연주를 마치고 내려가는 사람들을 보며 말했다.

"수고하셨습니다. 건강히 잘 다녀오세요."

"네?"

밴드 사람들이 동시에 서로를 보며 고개를 갸웃거렸다.

"파병 나가시는데 조심히 잘 다녀오시라고요. 연주 감사했습니다."

"저희는… 아닌데요?"

그러자 윤후의 빨개진 얼굴이 씰룩거렸고, 윤후가 왜 참았는지 이해한 제이는 웃음을 참으려 했지만 새어 나오고 있었다. 그래도 한편으로는 파병 나가는 사람들을 위해 만족스럽지 못한 연주에도 꾹 참은 윤후가 대견스럽기도 했다.

윤후의 말 때문인지 강당 안에 있던 사람들도 웃었고, 윤후는 다음 곡인 '스마일'을 불러야 하는데 어울리지 않을 것 같은 생각이 들었다.

분위기를 조금 진정시키기 위해 '스마일' 대신 도니의 테마곡을 연주하기 시작했다. 그리고 그 곡이 끝날 때쯤에는 윤후가 원하던 대로 사람들이 진정되었다.

연주를 한 윤후도 자신의 연주로 인해 진정되었다.

"다음 곡은 'Wait'입니다."

"안녕!"

"맞아요, 안녕. 제가 온 나라에서 하는 인사예요. 때론 Hi도 될 수 있고 Bye처럼 쓸 수도 있어요. 제 노래에서는 그 두 가지가 다 담겨 있고요."

사람들에게 처음으로 공개하는 자리인 만큼 앤드류가 준비해 준 멘트를 읊었다. 그러고는 곧장 기타를 튕기며 노래를 부르기 시작했다.

*안녕, 웃으며 건네던 작별의 인사죠*

노래를 부르던 윤후는 무대 밑에 있는 군인들과 그들의 가족을 바라봤다.

비록 군인들을 위해 만든 곡은 아니지만 이별이 얼마 남지 않았고, 그 이별의 인사를 자신의 노래로 대신하는 것이 마음 깊이 느껴졌다.

*하지만 돌아가서도 웃으며 건넬 말 안녕*

자신의 가사 하나하나에 즐거워하던 'Lon'과는 다르게 군인들은 정말 인사라도 하는 듯 가족들과 연인에게 포옹을 하거나 가볍게 키스를 했다.

그리고 그 무대를 지켜보던 조셉은 옆에서 무대가 아닌 그런 군인들을 보는 에델을 보며 미소 지었다.

이어 윤후의 모습을 잘 기억하라는 듯 손가락으로 무대를 가리켰다.

"정말 대단한 가수지. 정말 진심으로 노래하고 있다는 것이 느껴져. 그렇지?"

"네, 정말 대단해요!"

"에델, 이 기회를 감사하게 생각하렴. 그리고 꼭 저 후 같은 가수가 되길 바란다."

군인들뿐이 아니라 조셉에게까지 윤후의 마음이 전달되었다.

그리고 노래는 어느새 마지막에 다다랐다.

*안녕*

원래는 작별의 인사로 끝나는 마지막이었지만 지금만큼은 다시 만난 순간처럼 느껴지게 불렀다.

그리고 그게 맞는다는 듯 군인과 가족들 사이에 건강하게 돌아올 거란 믿음이 생긴 듯 보였다.

비록 행사로 참여하게 된 무대였지만, 노래로 사람들을 위로해 준 것만 같아 윤후는 상당히 만족스러웠다.

무대 위에서 미소를 지으며 인사를 건넸다.

"조심히 잘 다녀오세요. 안녕."

"안녕! 안녕!"

다 같이 손을 흔들며 한국어로 인사해 주는 모습에 윤후는 미소를 지으며 무대를 내려왔다. 그러자 앤드류가 다가왔고, 그와 동시에 진행을 맡은 장교가 급하게 다가왔다.

"무슨 일이십니까?"

"아, 그게… 한 곡만 더 가능하십니까?"

앤드류는 곤란하다는 듯 고개를 저었다. 그러자 장교가 손가락으로 장병들을 가리키며 급하게 말했다.

"지금 분위기에 장병들에게 애국심을 더해주셨으면 합니다. 'The Star Spangled Banner'를 한번 불러주시면 안 되겠습니까?"

"국가를 말씀이십니까?"

앤드류는 잠시 고민하는 듯하더니 설레설레 고개를 저었다. 윤후가 부른다고 하더라도 자신이 그럴 수 없었다.

"이분은 미국인이 아니고 한국인이십니다. 한국 국가와 동시에 부르는 자리라면 모르겠지만 그건 곤란하네요. 죄송하지만 안 될 것 같습니다."

물론 부르려면 부를 수야 있겠지만, 그 후폭풍이 상당할 것이라고 예상되었다.

한국에서 자신들이 자랑스럽게 생각하는 가수가 미국 국가를 불렀다?

말할 것도 없이 물고 뜯을 것이 분명했다.

애초에 그런 기회를 주지 않는 것이 옳았다. 그렇기에 부탁하는 장교에게 양해를 구할 때, 옆에서 듣고 있던 윤후가 대화에 끼어들었다.

"미국 국가면 미국인이 부르면 되잖아요. 다른 사람이 불러도 돼요?"

"누구를……?"

"노래 잘하는 미국인이 한 명 있는데."

윤후는 고개를 돌리고 손을 들어 자신의 일행을 가리켰다. 그러자 앤드류는 좋은 생각이 떠오른 듯 빠르게 장교를 데리고 일행에게 다가갔다.

"이쪽은 조셉 씨의 손녀이자 후 씨의 듀엣 파트너이신 에델 카터 양입니다. 카터 양, 혹시 'The Star Spangled Banner'을 불러주실 수 있습니까?"

"제가요? 지금요?"

"네, 저 무대 위에서."

에델은 놀란 얼굴로 조셉 부부를 쳐다봤다. 그러자 조셉이 마음이 가는 대로 하라는 듯 미소를 지었다.

에델은 조금 전 윤후의 무대를 보며 두근대던 마음을 떠올렸다. 할아버지도 윤후와 같은 가수가 되길 바란다고 말해서인지 윤후가 선 무대에 올라보고 싶었다.

"그럼… 해볼게요."

에델이 용기를 내서 말하자 잘 결정했다는 듯 조셉 부부가 에델의 등을 쓰다듬어 주었다. 장교는 잠시 고민했다.

윤후가 불러줬으면 더 좋겠지만 그래도 장병들에게 애국심을 심어줄 수 있는 무대가 필요했기에 마음을 정한 듯 고개를 가볍게 끄덕였다.

“그럼 군악대를 준비하겠습니다.”

“아닙니다. 그러실 필요 없습니다.”

앤드류는 장교를 제지하고 곧장 조셉을 향해 고개를 돌렸다.

“에델 양의 무대에 연주를 해주셨으면 합니다.”

“하하, 그러지. 장차 후보다 더 위대한 가수가 될 사람의 첫 무대에서 연주할 기회를 주다니 이거 내가 영광이지. 안 그래?”

“호호, 맞아요. 에델, 할머니도 같이 도와줘도 되겠니?”

“네!”

확답을 들은 앤드류는 그제야 장교를 보며 괜찮겠냐는 듯 어깨를 으쓱거렸다. 장교는 환영한다는 듯 미소를 보이고 곧장 준비를 위해 자리를 비웠다.

“저도 같이할게요.”

“안 됩니다. 후 씨는 세계적인 스타입니다. 한국인이시니 한국에 대한 애정을 표출하는 것은 문제가 되지 않지만, 다른 나라에 대한 것은 문제가 될 수 있습니다. 미국에 반감이 있는 국가들도 많기에 옳은 행동이 아닙니다.”

윤후는 아쉽지만 앤드류가 틀린 말을 하는 사람이 아니기에 알았다고 고개를 끄덕였다.

이종락은 앤드류 본인도 미국인이면서 윤후부터 생각하는

모습에 적잖이 놀랐다.

저런 사람이 윤후의 옆에 있으니 지금의 자리에 있을 수 있다는 생각이 들었다.

무대가 준비되자 조셉 부부도 에델을 따라 무대에 올랐다. 조셉은 무대를 시작한다는 말도 없이 장교가 준비해 놓은 트럼펫을 입에 가져다 댔다.

그러자 가족들과 얘기 중이던 군인들이 갑자기 들려오는 트럼펫 소리에 고개를 돌렸다.

그러고는 곧바로 경례를 했고, 옆에 있던 가족들도 가슴에 손을 올렸다.

군인들의 시선이 느껴지자 조셉은 트럼펫 연주를 점차 멈추고 에델에게 시작하라는 듯 손을 들어 올렸다.

에델은 주먹을 꽉 쥐고 숨을 크게 몰아쉬었다.

*Oh, say, can you see, by the dawn's early light*

강당에 에델의 목소리가 울려 퍼지기 시작했다.

에델은 들리지 않는 연주에 약간 당황했지만 미소를 지으며 만반의 준비를 하고 있는 할머니와 할아버지를 확인하고는 노래를 이었다.

그러자 에델의 목소리 위에 조셉 부부의 연주가 쌓이기

시작했다.

건반과 트럼펫. 트럼펫은 가끔씩 나오며 곡을 좀 더 경건하게 만들었고, 자넷이 연주하는 건반은 단지 에델이 흔들리지 않도록 길을 알려주려는 듯 간단한 화음만 넣고 있었다.

그러자 에델의 목소리가 돋보일 수밖에 없었다.

"와, 진짜 목소리 힘 하나는 끝내준다. 역시 흑인이라서 그런가. 엄청 파워풀하네."

"잘하네요."

제이는 에델을 사랑스러운 눈빛으로 쳐다보며 감탄 중이었고, 윤후도 생각보다 잘해내는 에델의 모습을 기분 좋게 바라봤다.

다만 앤드류만 장교와 바쁘게 무언가를 논의하고 있었다.

*　　　*　　　*

미국의 국가인 'The Star Spangled Banner'를 끝낸 에델은 말로 형용할 수 없는 감정이 일었다.

단상 밑으로 전부 자신을 보며 경례를 하고 있는 군인들이 보였고, 그들의 얼굴에서는 결연함마저 엿보였다.

그들을 바라보는 가족들은 그런 군인들을 자랑스럽게 보고 있었다.

에델은 무대에 선 채 연주가 끝나길 기다렸고, 연주가 끝남과 동시에 군인들의 손이 내려갔다. 연주를 마친 조셉이 에델에게 다가왔다.

"봤니? 이게 노래의 힘이란다. 사람의 마음을 움직이는 게 음악이다. 비록 할머니, 할아버지와 같은 재즈를 하는 것은 아니지만 잘해내리라 믿는다."

에델은 조셉의 말에 따듯함을 느끼고 미소를 지었다. 그러고는 무대 밑에서 자신을 보며 손을 흔드는 일행에게 환영을 받으며 첫 무대를 끝마쳤다.

*　　　*　　　*

며칠 뒤, 국방부의 홈페이지에 영상이 올라왔다.

메인에는 대규모의 파병 행사가 아님에도 불구하고 그런 군인들을 위해서 직접 위문 공연을 가졌다는 글과 함께 윤후의 영상이 걸려 있었다. 한창 뜨거운 윤후인 데다 어디에서도 'Wait'의 무대를 볼 수 없었기에 국방부의 홈페이지는 물론이고 영상이 업로드된 사이트마다 조회 수가 엄청난 속도로 불어났다. 그에 따라 윤후의 'Wait'도 점점 순위가 오르기 시작했다.

아직 빌보드 순위가 갱신되진 않았지만, 아이튠즈는 물론이고 Spotify의 순위에는 'Lon' 바로 밑에 'Wait'가 자리했다.

"팀장님, 지금 86개국에서… 'Lon'과 'Wait'가 전부 1위, 2위 입니다."

"그래, 알아."

"그런데 해외 공연은… 예정대로 앨범이 나오고 할 겁니까? 지금 요청이 엄청납니다. 초청비만 해도 일본에서는 3곡으로 1밀리언 달러를 불렀습니다. 지금 몸값이… 굉장한데."

"기다려. 아직은 준비가 안 됐잖아."

"네, 그냥 아쉬워서요. 지금 활동도 안 하고 있고, 이러다 금방 떨어지는 건 일도 아닌데……."

앤드류는 팀원들의 말에 피식 웃었다.

"1밀리언? 앨범이 나오면 2밀리언이 될 수도 있어. 그래도 아예 놓지는 말고 관리 잘하길 바란다. 앨범이 나오면 곧 해외 공연도 할 거니까. 공연 준비는 미리 해두고."

"네, 알겠습니다. 그리고 이거……."

앞 장은 충분히 예상하고 있던 자료였다. 전부 한국에서 보내온 윤후의 섭외 요청 건이었다.

하지만 그 뒷장을 보던 앤드류는 살짝 놀란 얼굴로 변했다. 그러자 팀원이 어깨를 으쓱거리며 입을 열었다.

"사람들이 'Beautiful U.S. Girl'이랍니다. 게다가 전부 'The Star Spangled Banner' 요청입니다. 하하!"

"흠, 상당히 많은데?"

"네, 군부대는 물론이고 MLB 휴스턴 애스트로스에서도 국가를 불러달라는 요청입니다. 어떻게 할까요?"

앤드류도 에델이 생각한 것보다 빠르게 인지도가 올라가는 상황에 적잖이 당황했다.

조셉이 유명하다 한들 어디까지나 재즈계에서의 대부였다. 조셉 부부는 이렇다 할 활동도 없었기에 대중들에겐 생소한 이름이었다.

오로지 에델 본인의 목소리로 이뤄낸 결과였다.

*　　　*　　　*

윤후의 소식이 한국 연예 프로그램에서는 자주 볼 수 있었지만 지금은 모든 방송의 뉴스에까지 소개되고 있었다.

자랑스러운 한국인.

애국심이 많은 청년.

국가를 사랑하는 가수.

모든 수식어를 붙여놓고도 모자란지 윤후의 이름 앞에 매일 새로운 수식어가 붙었다.

—지금 보시는 화면은 절대 한국이 아닙니다. 그럼에도 익

숙한 단어가 들리시죠? '안녕'. 주위에서 익숙하게 들을 수 있던 인사. 지금은 그 인사가 그저 흔한 인사가 아닌 게 되어버렸습니다. 아시아는 물론이고 미국, 유럽 등에서도 젊은 층 사이에서 심심찮게 들을 수 있습니다.

'Wait'의 얘기를 빼놓을 수 없었다. 그러다 보니 한국에서는 'Lon'보다 'Wait'가 더 높은 순위에 자리하는 몇 안 되는 국가 중 하나가 되었다.

게다가 미국 국방부 사이트에 올라온 영상을 바탕으로 쓴 한국 기사들로 인해 윤후의 주가는 배로 오르고 있었다.

—나라를 사랑하는 청년 후. 지금은 비록 자신의 꿈을 위해 타국에서 활동하고 있지만 그 먼 곳에서도 자신이 태어난 나라를 잊지 않고 있습니다. 미국의 국가를 불러달라는 요청에도 한국 국민으로서 애국가를 같이 부르는 자리가 아니라며 사양했다고 합니다. 참 비교되죠? 스스로 머리를 조아리는 일부 정치인들은 보고 배우셔야 할 것 같습니다.

앤드류가 조심하기 위해 한 거절이 윤후를 애국 청년으로 둔갑시켰다.

모든 나라가 그렇듯이 자신의 나라를 사랑하고 아끼는 윤후가 미울 리가 없었다.

온통 윤후에 대한 칭찬의 말들이 각종 매체에서 끊이지 않고 나왔다. 그러다 보니 한국에서는 나이 많은 사람은 물론이고 어린이이들까지 윤후를 자랑스럽게 생각했다.

뉴스뿐만이 아니라 연예 소식을 전하는 프로그램에서도 윤후의 얘기가 빠지지 않았다. 오히려 한국에 있을 때보다 더 자주 등장하고 있었고, 윤후의 얘기가 나오자 KBC 연예 TV에서 처음 알린 에델 카터에 대한 얘기도 줄곧 나왔다.

전부 KBC에 자료 화면을 요청했고, 그 자료가 각 방송사의 프로그램에 나왔다.

'Beautiful U.S Gril'이라고 불리며 미국에서 윤후와 함께 뜨겁게 떠오르는 신인이라는 소식들이었고, 윤후의 앨범에 참여할 예정이라고도 밝혔다.

그 자료 화면들 때문에 곤욕을 치르는 곳은 다름 아닌 라온이었다.

김 대표는 화면을 보고 있다가 얼굴을 찡그리며 한숨을 내쉬었다. 화면에는 에델을 소개하며 제이도 함께 나오고 있었지만 볼 때마다 못마땅한지 계속 같은 표정이 반복되었다.

"왜 이상한 말을 알려준 거야? 아저씨가 뭐야, 아저씨가? 차라리 여보가 낫겠네!"

'아저씨'라는 말 때문에 이종락에게 전화를 했고, 전후 사정을 전해 들은 김 대표였다. 미국의 떠오르는 신예가 제이와 친분 관계가 있다는 것은 좋았다.

하지만 아저씨라고 부르는 탓에 제이에게 엄지맨 말고 다른 별명이 생겨 버렸다.

글로벌 아재.

미국의 소녀에게도 인정받은 아저씨라며 일부 커뮤니티에서 지어준 별명이 퍼지고 퍼져 어느덧 글로벌 아재가 되어버렸다.

"하필이면 신곡 제목도 구려! 제목 바꿀까?"

"그러게요. '병'이라고 하면 나이 먹어서 아픈 거 아니냐고 그럴 거 같기도 한데……."

"어우, 열받는다! 차라리 옛날 악동 이미지가 더 좋아! 이러다가 개그 이미지 되겠네!"

*　　　*　　　*

뉴욕으로 돌아와 아파트에 있던 윤후는 어김없이 앤드류의 보고를 받았다. 하지만 이번엔 자신에 대한 얘기보다는 에델에 관한 얘기가 많았다.

"곡은 쓰셨습니까?"

"아직요."

"그럼 에델 양을 다른 무대에 좀 세웠으면 합니다. 경험도 쌓을 수 있고 무엇보다 인지도도 올릴 수 있는 기회입니다."

"에델에게는 말했어요?"

"네, 오기 전에 미리 들렀다 왔습니다. 알겠다고 하셨습니다."

윤후도 아직 곡도 쓰지 않은 데다 에델까지 승낙했다고 하니 거절할 이유가 없었다. 고개를 끄덕거리며 물었다.

"그럼 곡을 쓰면 바로 녹음할 수 있어요?"

"음, 이미 잡아놓은 스케줄 때문에 이번 주는 힘들 겁니다. 하지만 그 이후 일정은 비워놓도록 하겠습니다. 그리고 에델 양을 소개할 때 후 씨의 듀엣 파트너라고 밝힐 예정입니다."

"네, 알겠어요."

"그리고 후 씨의 '빈센트'가 내일모레 공개될 예정입니다. 아무래도 연주곡이다 보니 반응은 예상하기 어렵습니다. 그래도 제가 제일 좋아하는 곡이니 걱정하지 않으셔도 될 것 같습니다."

"네, 감사해요."

언제부터인가 감사하다는 말을 자주 하는 윤후의 모습에 앤드류는 미소를 지으며 자리에서 일어났고, 아파트 작업실에 혼자 남은 윤후는 생각에 잠겼다.

자신과 십 년을 함께한 영혼들의 모든 흔적을 찾았다. 그리고 기타 할배의 '스마일'과 백수 아저씨의 '어때?', 에릭 아저씨의 'Lon'에 이어 이틀 뒤엔 음악 감독 아저씨의 '빈센트'가 공개되었다.

아직 '어때?'는 한국에서만 공개했지만, 사람들에게 불러줬고 다들 좋아했기에 윤후도 내심 기대되었다. 그리고 비록 연주곡이지만, '빈센트'를 완성시키며 영화음악을 한 덕에 음악을 보는 시야가 더 넓어졌다.

그 '빈센트'로 배운 것을 영화음악에 사용까지 했다.

영혼들의 얼굴을 하나하나 떠올렸다. 전부 만족할까 궁금했고, 영혼의 방도 어떻게 변했을까 궁금했다.

자신 때문에 한국에서 온 의사에게 다시 치료를 받고 싶었지만 곧장 한국으로 돌아간 터에 그럴 수 없었다.

왠지 영혼의 방에 놓인 기타를 만질 수 있을 것만 같았고, 마이크에 노래를 부를 수도 있을 것 같았다.

하지만 당장 확인할 수 없었기에 아쉬웠다. 한국에 돌아가면 제일 먼저 할 일이라며 노트에 적어놓고 생각을 정리하기 위해 숨을 크게 내쉬었다.

이어 에델과 함께할 노래는 어떻게 만들까 고민했다. 이미 생각한 것은 있었다. 처음에는 에델의 파워풀한 목소리가 돋보이게끔 만들까 했다.

하지만 그럴 경우 자신은 몰라도 딘도 함께해 주고 싶었기에 딘의 자리가 없어지는 기분이 들었다. 그래서 고민되었다.

"흠……."

윤후는 고민하며 어떻게 하는 것이 좋을지 종이에 적기 시작했다. 자신이 딘과 에델에게 하고 싶은 말을 적었다.

그러다 보니 딘은 어떤 말을 했을지 궁금했고, 딘이 할 말을 상상하기 시작했다.

하지만 정작 중요한 사람의 의견이 필요했기에 윤후는 에델에게 직접 들어보고 정하려 전화를 꺼내 들었다.

—전… 좋아요. 오빠도 같이할 수 있으면. 그런데 제가 가사를 잘 쓸 수 있을까요?

"그냥 하고 싶은 말 적어서 주세요. 맞춰서 알아서 쓸게요. 중요한 말은 빨간색으로 체크해 줘요."

—네, 알겠습니다. 감사해요.

윤후는 감사 인사에 미소를 지으며 전화를 끊었다. 그러다가 문득 든 생각에 미소가 사라져 버렸다.

"아, 스케줄 엄청 바빠서 끝나고 주려나?"

*　　　*　　　*

이틀 뒤, 예정대로 윤후의 앨범에서 한 곡 더 클릭이 가능해졌다. 'Imperfect'의 글이 어느덧 'p'까지 검은색으로 바뀌어 있었고, 수록곡 중 회색으로 적혀 있던 '빈센트'가 검은색으로 바꿔며 공개되었다.

이번 곡 역시 윤후의 다른 곡들처럼 정보를 주지 않았다.

윤후의 'Lon'과 'Wait'에 매료되었던 사람들은 곡이 공개되자마자 듣기 시작했다. LA에 있는 프로듀서 딕도 마찬가지였다.

공개되는 시간까지 알아두고 공개되길 기다렸고, 녹음실을 정리 중이었음에도 청소를 멈추고 노래부터 재생시켰다.

그러자 곧바로 피아노 소리가 들려왔고, 한참 동안 피아노 연주만 계속되었다.

"뭐야? 가사가 없나?"

딕은 고개를 갸웃거리고 마치 클래식을 감상하듯 눈을 감은 채 한 음, 한 음 귀 기울여 듣는데 윤후의 목소리가 들렸다.

그런데 가사가 아니라 허밍으로 가볍게 멜로디에 화음을 넣는 정도였다. 'Lon'처럼 즐겁거나 'Wait'처럼 가슴을 건드리는 것은 아니었지만, 전체적으로 곡의 진행에 모남이 없어 편안하게 즐길 수 있었다. 딕의 얼굴에 잔잔한 미소가 생겼다.

"하긴… 모든 곡이 다 뜰 수는 없겠지. 그래도 장난스러우면서도 잔잔한 게 기분 좋게 만드네."

곡의 기분 좋음에 미소를 지으며 반복 재생을 시키고 마저 녹음실을 정리하기 시작했다. 그렇게 한참을 곡에 맞춰 기분 좋게 청소를 할 때, 이상한 느낌이 들었다.

"뭐야? 꽤 오래 청소한 거 같은데 왜 곡이 안 끝나지? 아까

5분이었는데…….”

청소하느라 똑바로 못 들었나 싶은 딕은 고개를 갸웃거리며 다시 컴퓨터 앞에 앉았다. 그러고는 노래 시간부터 확인했다.

“5분 11초 맞는데…….”

스트리밍이 되고 있는 화면을 들여다봤다.

이제 곡이 거의 다 끝나가기에 자신이 잘못 들었나 생각하고는 피식 웃으며 다시 청소를 하러 일어섰다. 하지만 계속 기다리는데도 곡은 끝나지 않았다.

“뭐야? 고장 났나?”

딕은 직접 마우스를 움직여 확인했다. 이상이 없음을 확인하려 노래 끝부분에 바를 옮겨놓고 기다렸고, 잠시 후 멍한 얼굴로 변한 딕은 노래 끝부분에 바를 계속해서 옮겨놓고 혼잣말을 했다.

“미친… 무한 반복처럼 만들어놨어? 5분 11초가 아니라 반복하는 대로 끊임없이 나오는 거였어. 가만있어 봐. 근데 뭐가 이렇게 자연스러워?”

딕은 시간이 가는 줄도 모르고 ‘빈센트’에 빠졌다. 한참을 봐도 신기하기만 했다. 이걸 의도한 건지 아닌지 참을 수 없는 궁금증에 곧바로 앤드류에게 전화를 걸었다.

—네, 오랜만입니다.

"인사는 됐고, 이 노래 어떻게 된 거야?"

—무슨 노래 말…….

"빈센트! 빈센트 말이야! 어떻게 노래가 끝이 안 나? 의도한 거야?"

—무슨 말씀이십니까? 5분 11초입니다만.

"몰랐구만? 몰랐지? 지금 들어봐."

* * *

윤후에게 보고하기 위해 윤후의 아파트에 있던 앤드류는 갑자기 걸려온 딕의 전화에 고개를 갸웃거렸다.

제대로 설명하지도 않고 알아들을 수 없는 말만 하고 끊어버렸다. 앤드류는 고개를 갸웃거렸다.

"바쁘면 가보세요."

"아닙니다. 딕 씨가 조금 이상한 말을 해서요."

윤후는 별로 궁금하지 않는다는 듯한 얼굴이었기에 앤드류는 어깨를 으쓱하고 가볍게 물었다.

"딕 씨가 빈센트가 끝이 안 난다고 합니다."

"아, 그거요?"

"아십니까?"

앤드류는 딕이 말한 것이 무엇인가 궁금했기에 윤후의 말을 기다렸지만, 윤후는 여전히 대수롭지 않은 얼굴이었다.

"반복해서 안 들어보셨어요?"

"많이 들어봤습니다."

"아니, 계속 틀어놓은 적은 없죠?"

좋아하는 곡이기에 상당히 많이 들었지만, 바쁜 생활 탓에 연속으로 틀어놓은 적은 없었다.

틀어놓았다 하더라도 윤후의 전체 곡을 재생시켰지 빈센트만 따로 반복 재생한 적은 없었다.

"네, 그러고 보니 그러네요. 말씀해 주시겠습니까?"

그러자 윤후는 앤드류의 휴대폰을 가리키며 직접 들어보라고 권했고, 그때 마침 은주가 커피를 들고 작업실로 들어왔다.

"커피 가져왔어요. 윤후는 건강 생각해서 설탕 빼고."

"감사합니다."

은주는 커피를 주고 나가려다 귀에 들리는 노랫소리에 윤후의 옆에 앉으며 미소를 지었다.

"앤드류 씨는 몰랐나 봐요."

"뭘?"

"노래 이어지는 거요."

"아, 그거? 그럼 그렇게 들으면 안 되지."

은주는 앤드류의 손에서 휴대폰을 뺏었다. 그러고는 귀를 손가락으로 가리키며 웃었다.

"언제 끝나는지 맞혀 봐요."

앤드류는 많이 들어봤기에 쉽다는 듯 가볍게 미소를 보였다. 그런데 5분이 넘어간 것 같은데 노래가 끝이 나지 않았다. 마치 시간을 되돌려 놓은 것처럼 자연스럽게 처음으로 넘어간 듯했다.

그러자 은주가 소리 내서 웃으면서 휴대폰을 돌려주었다.

"이게… 어떻게 된 일입니까? 이렇게 생각하고 만드신 겁니까?"

그러자 윤후가 아닌 은주가 배를 잡고 웃으며 대답했다.

"그거 윤후가 처음 스튜디오 간 날에 만들었다면서요. 그때 빈센트 완성시키고 틀어놓고 자는데 자꾸 곡이 끝날 때마다 잠에서 깨니까 아예 안 끊기게 만들었다네요. 호호호! 윤후답죠?"

대답을 들은 앤드류는 여전히 아무 일도 아니라는 듯 커피를 마시며 인상 쓰는 윤후를 바라봤다.

"설탕 타면 안 돼요?"

# Chapter 6
## Thank you

휴스턴 애스트로스와 텍사스 레인저스의 경기가 있는 날, 애스트로스의 구장인 미닛메이드 파크에 도착한 에델은 매우 긴장한 얼굴이었다.

어제부터 이어진 긴장감 때문에 잠도 한숨도 못 잤다. 그리고 대기실 밖에는 윤후 옆에서만 보던 경호원들과 앤드류를 대신해 회사에서 온 사람들도 있었지만 전부 낯선 얼굴이라서 더 긴장되었다.

에델도 자신에 대한 대중들의 관심이 뜨겁다는 것을 알고 있었다. TV에 군부대에서 노래 부른 영상이 심심찮게 나오는 것을 자신의 눈으로 봤기에 모를 수가 없었다. 그렇기에 더욱 긴장되었다.

지금은 할아버지, 할머니도 옆에 없고 윤후도 없었기에 스스로 이겨내야 했다.

1분 1초가 너무나도 빠르게 흐르는 것만 같아 차라리 멈추길 바라는 마음이 들었고, 에델은 결국 마음의 안정을 찾기 위해 할머니 자넷에게 전화를 걸었다.

"할머니!"

—에델? 노래 잘 불렀니?

"아직이요. 너무 떨려서 할머니 목소리 들으려고 전화했어요."

다행히 자넷의 목소리를 들으니 조금 안정이 되는 듯했다. 조금 편해진 얼굴로 뉴욕에서의 생활 등 사소한 얘기를 나눴다.

"할머니는 뭐 하고 계셨어요?"

—나야 후가 만든 노래를 듣고 있었지.

자넷이 전자 기기를 잘 다루지 못한다는 것을 아는 에델이다. 분명 다른 누군가에게 부탁해서 듣고 있을 것이고, 그만큼 자넷은 윤후를 마음에 들어 하는 것 같았다.

"전 아직 들어보지 못했어요. 어제부터 긴장돼서 잠도 제대로 못 잤거든요."

—호호, 그러니? 기다려 보렴. 조셉, 볼륨 좀 높여 봐요.

할아버지와 함께 듣고 있다는 것을 알고 에델은 미소 지었다. 전화 너머로 윤후의 노래가 들려왔다.

그 곡을 처음 듣는 에델이지만 곡이 주는 느낌이 굉장히 마음에 들었다. 지금 자신의 긴장감을 풀게 해주려고 만든 노래처럼 느껴졌다.

게다가 전화 너머로 중간중간 들리는 할머니와 할아버지의 목소리도 긴장감을 풀어주고 있었다.

그렇게 한참이나 들었지만 노래가 끝이 날 줄 몰랐다. 그때 MfB에서 붙여준 사람이 대기실로 들어왔다.

"나가셔야 합니다."

"잠시만요."

에델은 자넷에게 노래를 부르고 오겠다고 말하고 전화를 끊었다. 스태프들이 들어와 다시 의상 및 화장을 정비하고 나서야 대기실을 나설 수 있었다.

"긴장 좀 풀리셨습니까?"

"네!"

"다행이군요. 그럼 저 토끼 인형이 안내해 주는 대로 가시면 곧바로 에델 양의 소개가 있을 겁니다. 아무래도 스포츠를 관람하러 온 사람들이다 보니 환호가 조금 거칠 수가 있는데 놀라지 마시길 바랍니다."

"네……."

그러자 곧바로 매니저가 말한 애스트로스의 마스코트인 오르빗이 다가왔다.

토끼 인형을 쓰고 다소 익살맞게 팔짱을 끼는 모습에 살짝 당황한 에델은 끌려가듯 마이크가 놓인 곳으로 이동했다. 그러자 객석의 시선이 자신을 향하고 있다는 것이 느껴졌다.

그 때문에 잠시 동안 풀린 긴장이 다시 일어났다. 이윽고 자신을 소개하는 아나운서의 목소리가 장내에 울려 퍼졌다.

"Beautiful U.S Girl! 아름다운 소녀! 자랑스러운 미국의 소녀!"

그러자 관객들이 보내는 휘파람과 요란한 박수 소리가 귀가 멍할 정도로 들려왔다.

지금 당장에라도 도망치고 싶은 기분이었지만, 긴장해 떨리는 다리 때문에 한 걸음도 떼지 못한 채 얼어붙어 있었다. 그때, 끝난 줄 알았던 자신의 소개가 이어졌다.

"휴스턴의 대표 재즈 가수인 조셉 브라운, 자넷 브라운의 손녀!"

그 때문인지 할아버지, 할머니의 얼굴에 먹칠을 하진 않을까 부담감이 더해졌다. 에델의 얼굴이 거의 울 것처럼 변해버렸을 때, 소개가 또 이어졌다. 그런데 소개와 함께 잔잔하게 들리는 음악이 어디선가 들어본 듯했다.

"'Lon'의 후가 선택한 미국의 소녀, 'Wait'의 후가 러브콜을 보낸 소녀! 에델 카터!"

소개와 함께 들리는 음악은 '빈센트'였다.

에델은 대기실에서 그 노래를 들려주며 말하던 할아버지, 할머니의 대화가 떠올랐다. 그제야 마음이 조금 진정되었다.

에델은 주먹을 꽉 쥐고 객석을 올려다봤다. 꽉 차 있는 객석의 시선이 모두 자신을 향한 터라 부담감이 들었지만, 윤후와 함께 된 소개 때문인지 책임감이 더 크게 느껴졌다.

에델은 잘할 수 있다고 스스로를 다독였고, 그때 'The Star Spangled Banner'의 반주가 들려왔다.

*Oh, say, can you see, by the dawn's early light*

최대한 많은 시선을 안 느끼려고 한곳만 바라보며 노래를 불렀다. 그러자 에델이 보고 있는 쪽에서 자신의 노래에 맞춰 가슴에 손을 올리는 사람들이 보였다.

나라를 대표하는 국가였기에 하는 행동이지만, 그 행동이 에델에게는 큰 용기를 주었다. 군부대에서 처음 느낀 감정이 되살아나는 듯했고, 노래에 점점 에델 특유의 힘이 실리기 시작했다.

그러다 보니 점점 시야가 넓어졌고, 넓어진 시야로 객석에서 가슴에 손을 올리고 있는 사람들이 보였다.

그들의 경건한 모습을 느낀 에델은 용기를 얻었고, 그들의 마음을 노래에 담으려는 듯 목소리가 더 힘 있게 느껴졌다.

*　　　　*　　　　*

며칠 뒤, 윤후는 제이와 루아에게 한국에 도착했다는 전화를 받았다. 자신의 활동도 얼마 남지 않았는데 제이의 안부는 따로 있었다.

—윤후야, 우리 에델 잘 보살펴 줘.

"흠, 에델은 별로 관심 없는 것 같던데요."

—다 그런 거야. 나 활동 끝나자마자 미국으로 다시 갈 거니까 그렇게 알고 조금만 기다리라 그래. 아, 왜요!

윤후는 피식 웃었다. 상황을 보지 않아도 이종락에게 구박받고 있음을 알 수 있었다.

"앨범은 언제 나와요?"

—곧 나오겠지. 그것보다 꼭 잘 보살펴 줘.

자신의 앨범에 수록된 곡을 한 번도 들려주지 않은 제이였기에 윤후도 내심 궁금했다. 제이뿐만이 아니라 우연히 들은 루아의 곡을 제외하고는 루아의 다른 곡도 들어보지 못했다.

윤후는 자신의 평가가 두려운 두 사람이라는 생각은 못하고 꽁꽁 숨겨뒀다고만 생각했다.

그렇게 전화를 끊고 두 사람처럼 자신도 앨범의 마지막을 잘 마무리해야겠다고 생각할 때, 기다리던 앤드류가 에델과 함께 방문했다.

윤후는 기다리고 있던 터라 반갑게 맞이했고, 에델은 윤후의 아파트에 들어오자마자 들리는 음악에 미소를 지었다.

에델이 왜 웃는지 아는 앤드류가 윤후에게 말했다.

"에델 양이 무대에 서기 전에 항상 빈센트를 듣는다고 합니다."

"그냥… 긴장이 잘 풀려서요."

좋아할 만도 한데 당연하다는 반응을 보이는 윤후의 모습이 충분히 이해되었다.

음원으로 발매된 뒤 아파트 거실에는 끊임없이 빈센트가 나오고 있었다. 모두 은주가 행한 일이다.

그 때문에 정훈만이 방에서 TV를 볼 뿐, 윤후나 은주는 만족하고 있었다.

윤후는 에델을 정훈과 은주에게도 인사시키고 거실 소파에 앉았다. 따라 나온 정훈은 그런 윤후의 모습에 뿌듯한 마음이 들었다.

또 다짜고짜 음악 얘기부터 시작할 줄 알았는데 에델에게 공연은 어땠냐고 질문했다. 다른 사람에 대해 궁금해하는 모습이다.

"떨리진 않았어요? 얘기 듣기로는 야구장 같은 곳도 있어서 사람이 엄청 많았다고 들었어요."

"네, 덕분이에요. 빈센트가 도움 많이 되었어요."

무대에 설 때보다 더 긴장한 듯 두리번거리며 아파트를 살피는 에델이고, 그런 에델의 말에 윤후는 미소를 지으며 은주를 가리켰다.

"여기 이분 남편분하고 같이 만든 곡이에요."

"이분이 뭐니? 그냥 이모라고 그래!"

윤후는 피식 웃고 알았다는 듯 고개를 끄덕였다. 그때, 에델이 두리번거리며 혼잣말을 했다.

"역시… 스타가 사는 집은 다르구나. 엄청나네. 하긴 돈을 엄청 벌었을 거니까… 당연한 것일 수도……."

"여기 우리 집 아닌데요?"

"네?"

"저도 얹혀사는 거예요. 회사에서 마련해 준 집이거든요. 그리고 저 돈 하나도 못 벌었어요. 그리고 우리 집은 한국에 있어요. 여기의 반의반이나 되려나. 아빠, 그 정도 맞죠?"

"아들, 그런 소리는 뭐 하러 해."

대화를 듣던 앤드류는 어이가 없어 헛기침을 했다. 아직 정산이 안 됐을 뿐이지 일반인으로서는 만지기도 힘든 금액이 정산될 예정이다. 그리고 앨범이 나오면 얼마나 벌어들일지 상상하기도 힘들었다.

그렇게 에델과 대화하던 윤후는 에델에게 작업을 시작하자며 작업실로 안내했다.

둘만 있게 되자 에델은 윤후가 아직 어려운지 멋쩍어하는 얼굴로 서성거렸다. 윤후가 의자를 꺼내 에델에게 권했다.

"이리 와서 앉아요."

에델은 제이에게 약간 까칠하면서 음악적으로 고집이 굉장하다고 들었기에 걱정했는데, 지금 윤후의 모습은 전혀 그렇지 않았다.

간혹 미소도 보이고 굉장히 친절했다.

"어떤 곡을 하고 싶어요?"

지금 질문만 해도 제이의 설명과 전혀 달랐다. 에델은 잘못된 정보를 준 제이를 떠올리며 얼굴을 씰룩이고는 조금은 편안한 마음으로 입을 열었다.

"전… 좀 힘 있고… 리듬 타는 노래면 좋겠어요. 그래도 후가 하려고 하는 게 있으면 거기에 맞춰서 할게요."

윤후는 에델이 말한 것을 종이에 옮겨 적으며 피식 웃었다. 하고 싶어 하는 음악이 있어서 다행이라고 생각했다.

"좋네요. 전 이렇게 진행했으면 좋겠어요. 제가 하고 싶은 말, 그리고 에델이 하고 싶은 말, 그리고 마지막으로 딘이 하고 싶은 말, 이렇게 세 파트로 나눈 것 같은 듀엣. 저 혼자 생각한 거예요."

에델은 딘에 대해 생각도 않고 있던 게 미안했는지 아무 말이 없었다. 윤후도 그러려는 의도가 아니었기에 약간 무겁게 변한 분위기가 어색하게 느껴졌다.

어떻게 풀까 고민하다가 론에게 '조각'을 불러준 것처럼 'Feel my heart'를 들려줄까 생각했다. 하지만 딘과 만든 그 곡은 상당히 어두웠기에 지금 분위기를 더 무겁게 만들 것 같았다. 고민하던 윤후는 마침 좋은 노래가 떠올랐다.

딘과 함께 만든 곡이지만 자신이 부르진 않은 곡.

"이 노래 들어볼래요?"

윤후는 곧장 검색해 뮤직비디오가 나오는 영상을 틀었다. 그러자 화면에 다섯 명의 소녀가 나왔다.

"제목은 'Ready for love'예요."

가만히 화면을 보던 에델이 약간 당황한 얼굴로 윤후를 봤다.

"이런… 춤까지 추면서 하나요?"

"하하, 아니요. 그냥 들려주고 싶었어요."

"노래는 좋은데… 저하고 안 어울릴 것 같아요."

"그래요. 그럼 에델에게 맞게 바꿔볼게요. 잠시만요."

윤후는 그 자리에서 자신의 특기를 발휘했다. 이미 윤후의 컴퓨터에는 기존에 자신이 쓴 곡이 전부 있었기에 'Ready for love'를 불러와 가만히 들여다봤다. 그러고는 신시사이저의 기계음을 아예 빼버리고 에델이 원하는 대로 멜로디 대신 리듬을 좀 더 살렸다.

"이건 어때요?"

윤후는 곧장 트랙을 재생하고 그 위에 노래를 불렀다.

*러브 유. 하루 종일 연습했던 말. 건네지 못했죠*

에델은 가사는 알아듣지 못했지만 순식간에 바뀐 곡을 들으며 감탄했다.

앞서 들은 것은 자신에 비해 너무 소녀 같은 느낌이었지만, 지금 곡은 잘 부를 수 있을 것만 같았다. 마치 자신을 위해 만든 곡 같았다.

"어때요, 이런 느낌?"

"네, 너무 좋아요. 괜히 빌보드 1위가 아니네요."

"하하, 그래도 이 노래는 이미 주인이 있어서 안 돼요."

윤후가 웃으며 말하자 에델은 곡을 달란 것처럼 보였나 싶어 급히 말을 이었다.

"그런 건 아니고요, 전 그냥 후가 하자는 대로……."

윤후는 그저 미소를 지을 뿐이었다. 그러자 에델이 멋쩍은 듯 눈치를 보다가 조심스럽게 물었다.

"그럼 조금 전 곡, 후는 어떻게 부르고 싶어요?"

"흠, 이런 느낌?"

이번에는 컴퓨터를 만지지 않고 기타를 안았다. 그러고는 곧장 연주를 시작하고 그 위에 노래를 불렀다.

에델은 그저 넋 놓고 윤후의 노래를 감상했다. 같은 곡이 맞나 싶을 정도로 변했다.

조금 전 들은 소녀 같은 면도 없었고 그 뒤에 들은 리듬감을 주는 느낌도 아니었다. 다만 앞에서 느끼지 못한 느낌이 들었다. 앞에서는 분명 누군가를 사랑하고 있는 것 같은 느낌이었다면 지금 윤후의 노래는 사랑이 아닌 그리움이었다.

리듬감을 강조하지도 않았고 악기의 화려함도 없지만 마음을 간지럽게 만들었다.

"대박이네요."

"하하, 그래요? 내가 유일하게 이해하지 못하는 가사라서 걱정했어요."

검은 얼굴에 커진 눈 때문에 유난히 눈이 반짝이는 에델이다.

윤후는 미소를 지었다. 하지만 에델의 눈빛이 사그라들지 않자 윤후는 살짝 부담스러운지 조용히 기다렸다.

그러면서 펜을 들고 종이 위에 에델이 원한 것과 자신이 부른 것을 끄적거렸다.

그래도 자신을 뚫어지게 바라보는 에델 때문에 윤후가 무슨 말인가 하려고 할 때, 자신이 종이에 동그라미 친 것들이 보였다.

딘, 에델, 자신.

셋에 따로 쳐 있던 동그라미가 큰 동그라미에 묶여 있었다. 그 종이를 한참이나 바라보던 윤후는 어느덧 에델의 시선도 잊고 곧바로 컴퓨터 앞에 앉았다.

윤후를 한참이나 보고 있던 에델은 갑자기 부산스럽게 움직이는 윤후 덕에 정신을 차렸다.

그러고는 자신이 실수했다는 생각에 얼굴을 붉히며 사과하려고 했다. 하지만 모니터에 빠져들 것처럼 얼굴을 묻고 손이 보이지 않을 정도로 움직이는 윤후의 모습에 사과를 하지 못했다.

그저 지켜만 보고 있었고, 한참 동안 대화도 없었다.

한참 뒤 윤후가 드디어 고개를 끄덕이는 모습에 에델이 말하려는데 윤후가 노래를 재생시켰다.

"어, 이상하네요. 묘하게 가슴을 두근거리게 만들어요."

"그래요?"

"네. 소녀는 맞는 거 같은데… 좀 성숙해진… 느낌? 정말 좋은데요?"

윤후는 답을 찾았다는 듯 씨익 웃었다.

* * *

며칠 동안 에델은 매일같이 찾아왔고, 마치 영화음악 팀의 마이클이 하던 것처럼 음악 작업보다는 대화가 주를 이뤘다.

둘의 공통점인 딘에 대한 얘기가 많았는데 그 당시 너무 어린 두 사람인지라 딘과의 추억이 한정되어 있었다.

하지만 에델은 윤후가 자신의 얘기를 들어줘서인지 그동안 자라면서 겪은 일들을 얘기했다.

미국이라서 좀 다를 줄 알았는데 에델에게 들은 얘기로는 외로웠을 거란 생각이 들었다.

엄마, 아빠라고 부르고 있지만 다른 성인 탓에 사람들의 여러 시선을 받으면서 자랐다.

에델 본인은 행복했는데 누군가는 안쓰럽게 바라봤고 누군가는 경계하듯 쳐다봤다.

"제가 할아버지네 처음 왔을 때가 제일 심했어요. 거지라고 놀리고… 집을 옮겨 다니면서 산다고… 그때 돌아가신 찰스 할아버지를 욕하는 것 같아서… 그 친구랑 심하게 다퉜거든요. 그래서 할아버지가 학교에 불려 오셨어요. 그런데 할아버지가 교실로 오셔서 친구들 앞에서 그러셨어요."

윤후는 조셉을 떠올리며 웃었다. 에델에게 다정다감한 모습을 봤기에 친구들 앞에서 무슨 말을 했을까 궁금했다.

에델의 말을 기다리자 에델이 그때를 떠올리며 어이없다는 듯 웃으며 말했다.

"한 번만 더 거지라고 놀리면 죽여 버린다고 했어요. 그때가 열네 살이었으니까… 다들 기겁하고, 할아버지는 경찰서까지 갔다 온 걸요."

윤후도 어이가 없다는 듯 피식 웃었다. 말을 하는 에델을 보니 가볍게 미소 짓고 있었다.

"그런데… 전 그게 정말 좋았어요. 정말 가족이 생긴 느낌이 들었거든요."

배시시 웃는 모습에 윤후마저 조셉이 고맙게 느껴졌다. 외로웠을 아이에게 빛이 되어준 사람이고, 딘이 안다면 분명 고마워할 것이다.

"그래서 미안한데… 사실 오빠에 대한 기억보다 지금 가족에 대한 기억이 더 많아요."

윤후는 이해한다는 듯 고개를 끄덕였다. 자신만 하더라도 엄마에 대한 기억보다 영혼들과 함께 지낸 사람들에 대한 기억이 더 많았다.

이해한다는 듯 고개를 끄덕이고 딘에게 미안한지 고개를 숙이고 있는 에델을 바라봤다.

자신은 십 년 동안 딘과 함께했으니 딘이 그리운 것은 당연한 것이고, 에델에게는 조셉 부부가 고마운 것이 당연할 것이다.

“그럼 지금 가족에 대한 얘기를 써볼래요?”

“그래도 돼요?”

“네. 난 딘이 되어볼게요.”

*　　　*　　　*

에델이 돌아간 뒤 윤후는 드디어 작업을 시작했다. 에델에게 들은 얘기를 바탕으로 곡을 작업하다 보니 초반부가 꽤 어둡게 느껴졌다.

마치 ‘Feel my heart’같이 어두웠다. 하지만 다소 자소적인 ‘Feel my heart’와는 다르게 지금 곡은 어둡기만 하진 않았다.

전반부가 어둡기만 한 길을 걷는 에델이었다면 중반은 그 길 끝에서 빛을 발견하는 에델이었다.

그리고 코러스는 그 빛을 온몸으로 느끼는 듯 들렸다.

상당히 만족스러웠다. 초반에는 피아노 소리만 들렸지만 코러스에는 에델이 원한 대로 리듬을 강조하기 위해 앞부분에 전혀 나오지 않는 드럼이 나오게 만들었다.

그 때문에 곡이 순식간에 리드미컬하게 변하며 에델의 파워풀한 목소리가 빛을 발할 것이 분명했다.

게다가 블루스 같은 곡을 리드미컬하게 만들기 위해서 코러스는 박자를 쪼개고 또 쪼갰다.

*두려웠어. 모든 게 낯선 곳에서 혼자 남겨진 내가 무얼 할 수 있을지*

*그리웠어. 너조차 없는 곳에서 그저 밤새 너만 찾고 있었어. 밤새도록*

*그런 나를 감싸준 그 사람, 그런 사람이 있어요*

*……*

*This is my heart*

*Thank you. 말로 하지 못한 내 마음을 전하려 하네요*

*그대가 보여준 마음 덕분에 난 혼자가 아니라는 걸 느꼈네요*

*Thank you. 말로 하지 못한 내 마음을 노래로 전해요*

가사를 에델이 완성해야 하기에 들은 얘기를 바탕으로 만들었다. 완성되자 한번 가볍게 불러봤다. 하지만 미간이 찌푸려졌다.

곡은 만족스러웠지만 드럼이 들리는 코러스에서 약간 과한 것 같은 느낌이 들었다.

자칫 잘못해서 빠듯하게 차 있는 멜로디를 가수가 소화하지 못한다면 그대로 노래 전체가 묻혀 버릴 수도 있기에 에델의 목소리에 달렸다.

*　　　*　　　*

다음 날, 에델을 데리고 윤후의 아파트를 방문한 앤드류는 곡 일부가 완성되었다며 들어보라는 윤후의 말에 작업실에 자리했다.

하지만 평소의 윤후의 느낌과 달랐다. 자신의 음악에 무한한 자신감을 보이던 윤후인데 지금은 약간 조심스러워했다.

그래서 앤드류는 컨디션이 좋지 않은 거라고 생각할 수밖에 없었다.

"임시로 제목은 'Thank you', 가사도 에델이 써야 해요. 이건 내가 임시로 쓴 거니까. 멜로디 라인은 보컬이 채울 거라서 따로 안 넣어놨고요. 내가 가이드로 불러볼게요."

윤후는 부르려 마이크를 세팅했다. 그러고는 트랙을 재생시켜 놓고 에델을 살폈고, 앤드류는 그런 윤후의 모습에 약간 걱정되었다.

노래에 대한 설명을 변명처럼 길게 하는 것은 물론이고, 에델의 눈치를 보고 있었다. 그때 반주도 없이 윤후의 목소리가 울려 퍼졌다.

*두려웠어. 모든 게 낯선 곳에서 혼자 남겨진 내가 무얼 할 수 있을지*

에델은 가사를 듣자마자 자신의 얘기라는 것을 알았다.

며칠 동안 윤후와 나눈 대화 내용이었다. 그래서 노래를 시작하자마자 감정이입이 되는지 입술이 떨리고 있었고, 앤드류는 인상을 찌푸리며 곡이 재생되는 컴퓨터를 봤다.

보면 볼수록 신기했다.

직접 연주를 하면서 노래를 부르면 이해하겠지만, 지금은 트랙을 틀어놓고 거기다 트랙을 보는 것도 아니고 자리를 옮겨서 노래를 부르고 있는데 드문드문 들리는 피아노 소리가 윤후의 목소리와 딱 맞아떨어졌다.

컨디션이 나쁘다고 생각한 자신이 우스워 고개를 젓고 윤후의 노래에 집중했다.

곡에 점점 피아노 소리가 많아지자 기타 소리도 들리며 화음을 쌓기 시작했다.

동시에 모든 연주가 멈추고 윤후의 목소리가 들렸다.

*This is my heart*

드럼 소리가 스피커에서 울리기 시작하며 노래가 이어졌다.

*Thank you. 말로 하지 못한 내 마음을 전하려 하네요*

드럼의 쿵쾅대는 소리에 굉장히 리듬이 강조된 곡이란 것이 느껴졌다. 마치 숨기고 있던 마음을 터뜨리기라도 하려는 듯 윤후의 목소리가 스피커를 통해 숨 가쁘게 들려왔다. 에델과 앤드류는 입술이 심하게 떨리는지 입술을 깨문 채 거친 숨을 코로 뱉었다.

이내 노래를 끝나자 앤드류와 에델은 동시에 자리에서 일어나 감격한 얼굴로 손바닥에 불이 날 정도로 박수를 보냈다.

윤후는 컴퓨터로 다가가 트랙을 멈추고 에델을 쳐다봤다.

"할 수 있겠어요?"

아직까지 박수를 치고 있던 앤드류는 그제야 윤후가 왜 평소와 다른지 알았다.

자신에 대한 걱정이 아니라 에델이 곡을 소화할 수 있을지 걱정되었던 것을 깨닫게 되자 헛웃음이 나왔다.

그러면서 한편으로는 과연 에델이 소화할 수 있을지 궁금했다.

윤후의 이런 감동스러운 노래를 들었는데 에델이 망치게 되면 화가 날 것 같았다.

그 정도로 좋은 곡이었기에 앤드류는 에델의 대답을 기다렸다.

"이게 제가 부를… 부분이에요? 아니면 같이 부르는 거예요?"

"아, 곡에 대한 얘기를 안 했네요. 앞부분은 전부 에델이 부를 거예요. 그리고 내가 딘이 되어보겠다고 한 말 기억하죠?"

"네."

"5 벌스부터는 나 혼자 부를 거예요. 그러니까 앞부분은 전부 에델, 뒷부분은 전부 내가, 마지막은 같이. 이해했죠?"

"네. 그럼 뒷부분도 들려주실 수 있어요?"

윤후는 에델을 여러 가지 감정이 뒤섞인 눈으로 바라봤다. 딘과 함께 지냈다고 딘의 마음을 전부 아는 것은 아니기에 상상할 수밖에 없었다.

'Feel my heart'에서 느낀 마음, 조셉에게 들은 딘의 애기를 바탕으로 노래를 만들긴 했지만, 에델이 어떻게 받아들일지 걱정되었다.

잠깐 고민하던 윤후는 결정한 듯 고개를 끄덕이며 입을 열었다.

"혹시… 마음에 안 들면 바로 말해요."

"그럴 리가요."

윤후는 다시 컴퓨터로 다가가 멈춰놓은 트랙을 재생시키고 곧바로 마이크로 다가갔다.

에델의 부분에서는 피아노가 먼저 시작된 반면 윤후의 부분은 쓸쓸한 기타 소리가 들렸다.

*두려웠어. 모든 게 낯선 곳에서 혼자 울고 있을 네가 걱정이 됐어*

*미안했어. 너를 혼자 남겨두고 가버려서. 정말 미안했어*

……

*This is my heart*

*Thank you. 직접 말할 수 없는 내 마음을 전하려 하네요*

*그녀에게 보여준 마음 덕분에 조금은 마음이 놓였네요*

같은 코러스임에도 불구하고 약간 다른 느낌이었다. 앞부분은 터뜨릴 듯한 코러스였는데 뒤에는 말을 하려는 것처럼 리듬을 쪼개지도 않았다.

앤드류는 확실히 앞부분이 좋았기에 에델과 바꿨으면 하는 바람으로 에델을 봤다. 그런데 에델이 고개를 숙인 채 울고 있었다.

감정이 복받쳐 오르는지 양손으로 얼굴을 덮었지만, 눈물이 쉴 새 없이 볼을 타고 흘러 땅으로 떨어졌다.

노래를 마친 윤후는 어찌할 줄 몰라 했다.

앤드류도 머쓱해하며 전에 들은 에델과 딘의 얘기를 떠올렸다. 윤후가 딘이 되겠다고 한 것도 알았다. 그저 에델의 가족으로서 에델을 보살펴 준 조셉에게 하는 인사였던 것이다.

이해했다는 듯 울고 있는 에델을 바라봤다. 하지만 한 번 터진 울음은 멈출 기세가 보이지 않았고, 오빠를 찾으며 서글피 우는 모습에 앤드류는 윤후에게 다독여 주라는 시늉을 해 보였다.

그러자 윤후가 고개를 끄덕이며 에델에게 다가갔다.

윤후가 에델의 등을 두드리자 에델이 눈물범벅이 된 얼굴을 들고 윤후의 얼굴을 확인했다.

그러고는 정말 윤후가 딘이라도 되는 듯 윤후를 끌어안

았다.

"오빠, 그러니까 왜 날 혼자 내버려 뒀어! 흐… 흑!"

살짝 당황했지만 윤후도 이 순간만큼은 정말 딘이 된 듯 자신의 품에 안긴 에델의 등을 토닥였다.

그러고는 조용히 말했다.

"미안, 미안해……."

*　　　*　　　*

며칠 뒤, 뉴욕의 음악 감독 아저씨의 스튜디오에 있는 윤후는 메이킹 영상을 촬영하려는 스태프들을 보고 있었다.

뮤직비디오도 촬영한다는 얘기를 들었는데 며칠 전부터 메이킹 영상을 찍는다며 연습하는 모습이나 에델과 대화하는 모습을 찍어대는 스태프들의 모습에 예전 한국에서의 후TV를 떠올리며 피식 웃었다.

그러다가 옆에서 느껴지는 시선에 고개를 돌렸다.

"오빠!"

"흠……."

에델은 노래를 듣고 난 뒤 자신을 친오빠처럼 불렀다. 오빠라는 말은 팬들에게 많이 들어봤기에 어색하지 않았지만 에델의 행동이 조금 변했다.

매일같이 올 필요는 없었는데 아침부터 잠이 들기 전까지 아파트에서 함께 있는 것은 물론이고 은주에게 한국말로 '오빠'라는 말을 배워 계속 오빠라고 부르고 있었다.

심지어 한국어 공부까지 하는 듯했다. 은주와 정훈에게 계속 질문을 하고 물어본 걸 윤후에게 자랑하듯 사용했다.

"오빠한테 흠이 Oops 같은 거라면서요?"

"흠……."

"진짜네."

윤후는 갑작스러움에 어떻게 대해야 할지 난감했다. 그렇다고 싫은 느낌은 아니었다.

딘의 동생이기에 마음으로는 동생으로 받아들였는데 다만 어떻게 행동해야 할지 모를 뿐이었다.

윤후는 머쓱한지 뒤에서 지켜보던 앤드류를 보며 말을 돌렸다.

"언제 도착하세요?"

"이제 곧 도착하실 겁니다."

윤후는 고개를 끄덕였고, 앤드류는 그 둘을 가만히 지켜봤다. 며칠 동안 에델이 연습하는 걸 지켜보면서 많은 생각이 들었다.

자신이 알기로 가수가 틀리면 '다시'라는 말을 할 뿐이었는데 에델에게만큼은 세세하게 하나하나 전부 풀어서 설명했다.

앤드류는 실례를 무릅쓰고 윤후에게 에델을 좋아하는 것인가 물어봤지만, 윤후는 코웃음을 뱉었다.

그리고 앤드류가 놀란 건 에델 때문이기도 했다. 자신이 들었던 느낌이 사라지면 어떡하나 걱정했는데, 하루하루 몰라볼 정도로 무섭게 곡을 소화하고 있었다.

심지어 윤후가 부른 느낌이 생각나지 않을 정도였다. 완벽하게 소화했고, 그에 직접 세션을 보겠다고 말한 조셉 부부를 부른 것이다.

"오빠, 할아버지, 할머니한테는 노래 들려주지 않기로 한 거 알죠?"

윤후는 고개를 끄덕이다 말고 조셉을 떠올렸다.

"들어보려고 하실 텐데?"

"부끄럽단 말이에요. 나중에 앨범 나오면 드릴래요."

윤후는 에델이 부리는 어리광 같은 느낌이 싫지 않았다.

마치 자신이 어른이 된 듯한 기분도 들었고, 이미 다 큰 에델이 귀엽게만 느껴졌다. 그때, 제이콥의 안내로 조셉 부부가 녹음실로 들어왔다.

"할아버지! 할머니!"

"어이구! 우리 손녀! 잘 있었어? 밥은 잘 먹었고?"

매일같이 통화하는 것을 지켜본 윤후지만 기분 좋은 조손

간의 재회를 보며 미소를 지었다. 그러자 조셉이 윤후를 보고 미소를 지으며 다가왔다.

"오랜만이야."

"네."

"어떤 곡이야, 우리 손녀가 부를 게?"

"간단하게 드럼만 연주해 주시면 돼요. 2 기타 들어가는데 그건 제가 연주할게요."

"왜? 그것도 내가 하겠네."

조셉의 고집에 결국 에델이 부르는 앞부분만 양보했다. 딘을 생각하고 만든 뒷부분만큼은 윤후도 양보할 수 없었다.

앤드류와 자넷이 각자 조셉과 윤후를 말려 겨우 타협한 뒤에야 녹음이 시작되었다.

"그럼 드럼부터 녹음할게요."

조셉이 의기양양하게 부스로 들어갔다. 자신만만한 행동처럼 윤후의 마음에 쏙 드는 연주였다.

자신 있어 하던 기타 연주는 말할 것도 없었다. 모두가 녹음이라면 이렇게 하는 게 당연하다는 듯 받아들이고 있었는데 제이콥만은 침을 삼키며 감탄 중이었다.

자넷의 피아노 연주까지 마치자 윤후의 차례였다.

윤후는 기타를 들고 부스로 들어갔고, 제이콥에게 신호를 준 뒤 곧바로 연주를 시작했다.

부스 밖에서 지켜보던 조셉만 고개를 갸웃거렸다.

"왜 나한테 부탁한 거랑 다르지?"

대부분 비슷하지만 몇 군데에서 느낌이 달랐을 뿐이다. 하지만 단번에 알아차리는 조셉의 말에 이번에는 앤드류도 혀를 내둘렀다.

그렇다고 에델이 부탁했기에 설명을 할 수 없었다. 설명을 하면 지금 부분이 조금 다른 느낌이라는 말을 해야 했고, 그러다 보면 전체적인 느낌을 설명해야 했다.

그걸 눈치챈 에델이 급하게 입을 열었다.

"오빠가 부르는 부분은 자신이 직접 어울리게 연주해서 그렇죠. 할아버지도 오빠 기타 실력 알잖아요."

"음, 그렇긴 하지. 그런데 오빠가 뭐냐? 후 진짜 이름이 오빠야? 오빠. 이름이 어렵구만."

에델은 조셉이 오빠라고 하자 걱정하던 것도 잊고 크게 웃었다.

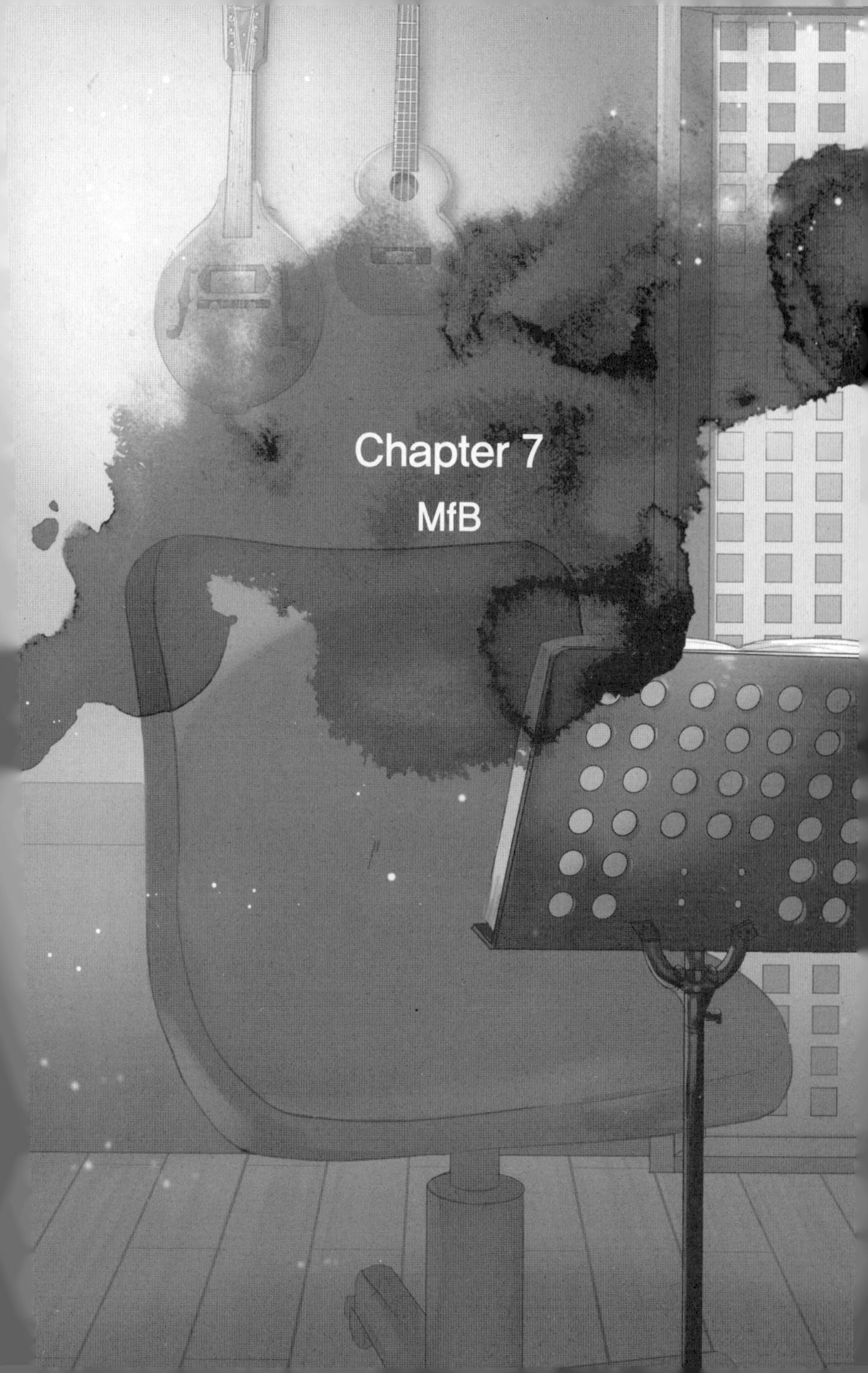
Chapter 7
MfB

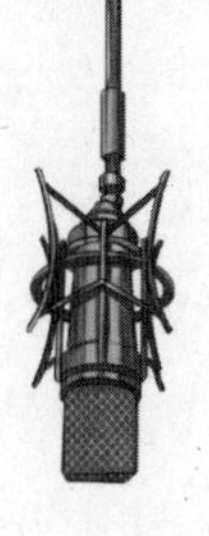

윤후의 예상과 다르게 조셉 부부는 녹음만 하고 곧바로 작별 인사를 했다. 일행 중 노래가 궁금하던 제이콥이 조셉 부부에게 물었다.

"안 궁금하세요?"

"우리가 있으면 부담스러울 수 있으니까. 그러면 녹음에 영향을 줄 수 있고. 나중에 들어보는 게 마음 편하지."

조셉은 말을 끝낸 뒤 에델을 꼭 안았다. 말은 하지 않더라도 응원한다는 것이 느껴지는 포옹이었다.

"그럼 우리는 이만 가볼 테니 녹음 잘 하고. 아, 배웅은 됐네. 나오지 말게나."

"제가 차까지 모셔다 드릴게요."

에델이 배웅하려 했지만 조셉 부부는 극구 사양하고 뒤돌아섰다. 그리고 녹음실을 나가려다 말고 고개를 돌려 윤후를 바라봤다.

"잘 부탁하네."

윤후는 고개를 끄덕였고, 그러자 조셉이 미소를 지으며 녹음실을 나섰다.

* * *

막힘없이 녹음이 이뤄진 탓에 엄청난 속도로 곡이 완성되었다.

믹싱까지 마친 윤후는 곡을 곧바로 재생시켰고, 곡이 모니터 스피커로 들려오자 윤후는 만족한 듯 고개를 끄덕였다.

하지만 함께 있던 앤드류는 걱정이 이만저만이 아니었다.

매번 윤후의 곡을 들을 때마다 느끼는 것이지만, 이번 곡은 그 곡들 중에서도 최고였다.

하지만 분명 문제점이 보였다. 에델의 파워풀한 목소리 때문에 힘을 약간 빼고 부른 윤후의 부분이 상대적으로 약해 보였다. 그리고 같이 부르는 부분에서도 윤후는 화음 위주로 불렀기 때문에 자칫하면 에델보다 못하다고 느낄 수 있었다.

하지만 윤후가 가이드로 불러준 것을 들은 앤드류는 그게 아님을 알고 있었다.

매번 연습을 지켜봤기에 윤후가 에델의 파트를 어떻게 부르는지 알고 있었다.

그래서 메이킹 영상을 핑계로 가이드를 부르는 장면을 담아두었다.

그리고 앤드류가 걱정하는 것은 그것뿐만이 아니었다. 분명 더 큰 문제가 있었다.

'Thank you'가 너무 좋다 보니 생기는 걱정이 한둘이 아니었다.

현재 'Lon'이 10주째 빌보드 1위를 자리하고 있었다. 7주만 더 자리를 지키면 최장기 1위 곡으로 등극할 수 있었고, 대중들을 비롯해 전문가들도 모두 가능하리라 점치고 있었다.

하지만 앤드류는 그렇지 않음을 알고 있었다.

다행이라고 생각하는 게 미안할 정도로 'Wait'는 'Lon'을 밀어내지 못했지만, 'Thank you'는 분명 몇 주 안 돼서 'Lon'을 밀어낼 것이 확실했다.

'Thank you'로 새로 시작하면 되지 않을까 하는 생각도 했지만, 그래도 빌보드 최장기 1위 곡이라는 명예에 조금 더 가깝게 있는 건 'Lon'이었기에 쉽게 포기하지 못했다.

"저… 후 씨, 'Thank you'는 두 달 뒤에 공개하는 것이 어떻겠습니까?"

"왜요?"

"다음 주부터… 저번에 녹음하신 곡을 차례대로 한 곡씩 공개할 예정입니다. 선공개된 곡들을 제외하고 한 주에 한 곡씩 공개하면 한 달이 넘을 것 같습니다. 그리고… 무엇보다 'Lon'이 아직 인기가 상당해서 시기상 이른 면이 있습니다."

윤후는 자신에게 모두 소중한 곡이기에 알았다는 듯 고개를 끄덕였지만, 에델은 아쉬움과 안도감이 섞인 얼굴로 우물쭈물했다.

그러자 앤드류는 걱정하지 말라는 듯 어깨를 으쓱하며 말했다.

"두 달간 바쁘실 겁니다. 후 씨의 활동이 시작되는 곡이 'Thank you'가 될 예정이라서 에델 양도 거기에 맞게 활동 준비를 하셔야 합니다. 내일 하루는 쉬시고 그 다음 날부터는 회사에서 짜놓은 일정에 따라 미용과 운동, 그리고 보컬 트레이닝 및 이미지 트레이닝이 있을 예정입니다."

"그럼… 저도 TV에서 이 노래를 부르나요? 국가 말고?"

"물론이죠."

"아! 떨린다, 오빠!"

윤후는 발을 동동 구르면서도 미소 짓는 에델을 보며 웃었다. 앨범이 아직 발매된 건 아니지만 수록곡만큼은 에델과 듀엣을 끝으로 모두 완성되었다.

아직 앨범이 손에 없어서 실감이 나지는 않았지만, 영혼들의 흔적을 모두 찾았다는 뿌듯함과 그들이 듣길 바라는 마음이 들었다.

비록 지금은 보이지 않더라도 분명 듣고 있을 것으로 생각하며 고개를 끄덕일 때 자신을 물끄러미 보고 있는 에델이 보였다.

"저… 앤드류 씨, 오빠도 같이하나요?"

"후 씨는 필요 없습니다. 이미 준비를 다 마친 상태입니다."

어떻게든 자신을 끌고 가려 궁리하는 에델의 모습에 윤후는 조금 전 생각하던 뿌듯함은 머릿속에서 멀리 사라지며 같이 가기 싫어서인지 변명거리를 찾고 있었다.

그 모습이 신기한지 앤드류는 가만히 바라보고 있었다.

싫다고 말할 줄 알았던 윤후가 뭔가 주변에서 자주 볼 수 있는 보통 사람처럼 변해가는 모습이 앤드류를 미소 짓게 만들었다.

*　　　　*　　　　*

윤후의 앨범에 대해 회의를 진행하던 앤드류는 팀원의 보고에 진히 뜻밖이라는 듯 놀랐다.

'빈센트'에 대한 반응이 생각보다 상당했다. 연주곡이기에 빌보드 200에 등극하지는 못했지만, Y튜브를 비롯해 각종 동영상이 업로드되는 사이트에서는 '빈센트'가 굉장히 뜨거웠다.

"사람들이 올리는 영상에 광고를 붙여서 수익을 만들까요? 영상을 내리는 것보다 그게 수익이 훨씬 많이 발생합니다. 이거 잘하면 영상에 광고를 붙이는 것만으로도 역대 수익 찍겠는데요?"

"후후, 그래도 어차피 '빈센트' 검색하면 우리 영상이 제일 먼저 뜨지 않나?"

"그건 맞는데요, '빈센트'에 가사 붙이는 사람들이 엄청 많거든요. 특히 한국에서 무슨 그룹 같은 애들이 올린 영상은 벌써 삼천만 뷰나 됩니다."

앤드류는 팀원이 준비한 영상을 보기 시작했다. 알아들을 수는 없지만 윤후와 함께했기에 익숙한 한국어가 들렸고, 중간중간 섞인 영어도 들렸다.

가수인지 작아 보이지만 제대로 된 녹음실에서 찍은 영상이었고, 총 여섯 명이 파트를 나눠가며 불렀다.

곡이 주는 밝은 느낌을 해치지 않으면서 그 위에 랩을 쌓아가는 모습이 아마추어처럼 보이진 않았다.

원곡을 워낙 좋아하던 앤드류의 반응은 시큰둥했지만, 사람들의 반응은 상당히 우호적이었다. 원곡과 비슷한 느낌이면서 다른 느낌이라며 칭찬의 댓글이 상당했다.

앤드류는 다른 영상들도 살폈다.

정말 많은 양의 커버송 영상이 있었다. 어린아이는 물론이고 알아들을 수 없는 언어와 심지어는 가수로 활동하고 있는 사람들의 커버송도 있었다.

은주의 바람대로 날이 갈수록 많은 사람들이 듣게 되었다. 그러다 보니 사람들이 가사를 붙여 커버송까지 부르게 되었다.

그리고 왜 다른 곡에 비해 유독 빈센트의 커버송이 많은지도 화면을 보다가 알게 되었다.

“다른 곡들은 내 느낌대로 해도 원곡보다 좋은 느낌이 안 드는데 이 곡은 가사가 없잖아요.”

해외에서 올린 사람들이 대부분 같은 이유를 대며 ‘빈센트’에 자기 나름대로 가사를 붙였다.

하지만 윤후가 '빈센트'를 어떻게 생각하는지 알기에 윤후가 허락하지 않는다면 모두 내려야 한다.

근래 윤후가 곡 작업과 에델에게 레슨을 하느라 바쁜 것을 알기에 이 영상들을 보지 못했을 것이다.

앤드류는 곧바로 자리에서 일어났다.

*　　　*　　　*

거실에서 윤후는 오랜만에 자신의 노래가 아닌 다른 가수들의 노래를 듣고 있었다.

한국 음원 사이트 웹이 가능하도록 앤드류가 직접 설치해주었기에 한국 음악은 물론이고 각 나라의 음악이란 음악은 모조리 다 듣고 있었다.

한동안 작업만 하느라 다른 노래를 듣지 못한 터라 이어폰을 꽂은 윤후의 얼굴은 꽤나 즐거워 보였다.

그렇게 시간을 보내던 윤후는 무언가 생각난 듯 휴대폰을 만지기 시작했다.

찾으려고 하던 건 찾았는데 생각보다 순위가 낮았다.

하지만 순위가 낮아도 좋은 곡이 많았기에 윤후는 고개를 끄덕이며 곡을 재생했다.

9. 병 — 제이.

제이의 노래를 듣던 윤후는 눈썹까지 씰룩이며 미소 지었다. 제이가 밴드를 한 만큼 이번 곡도 록이었다.

그리고 윤후가 제이를 처음 만났을 당시 느꼈듯 저음 부분이 굉장히 탄탄했다. 그만큼 가사 전달력이 엄청났다.

성대가 다친 뒤 고음이 불가능했지만 지금 들리는 목소리만으로도 충분히 좋은 노래였다.

윤후는 만족스러움에 미소를 짓고 있었지만, 왠지 제이는 순위에 아쉬워하고 있을 것 같았다. 그리고 무엇보다 김 대표가 아쉬워하고 있을 것이 눈에 선했다.

윤후는 곧장 제이에게 전화를 걸었다. 한참이나 신호가 울리고 나서야 전화가 연결되었다.

—어! 에델 잘 있냐?

—와!! 와!!

윤후는 에델부터 찾는 제이의 말에 기가 막혀 헛웃음을 뱉었다.

그러고는 말을 하려는데 전화 너머로 들려오는 소음이 굉장히 컸다.

"참, 또 어디 나갔어요? 대표님이 형 몰래 밖에 나가면 가만두지 않는다고 그랬잖아요."

—야, 인마. 쉿! 그런 소릴 뭐 하러 해? 핫하… 하! 끊어!

윤후가 제이의 전화 너머로 들리는 커다란 웃음소리에 고개를 갸웃거리는데 갑자기 전화가 끊겨 버렸다.

끊긴 전화를 쳐다본 윤후는 다시 전화가 올 거라고 생각하고 다시 이어폰을 귀에 꽂았다.

그렇게 한참 음악을 듣고 있을 때 제이에게서 전화가 왔다.

“네. 왜 끊었어요?”

—어유, 말도 마라! 나 지금 대학 축제 왔거든? 내가 무대에서 멘트 치고 있는데 동혁이가 너한테 전화 왔다고 갖다 주더라. 저 자식 저걸. 어휴! 막 대학생 애들이 너한테 전화 왔다니까 눈빛부터 변하더라. 나 그래서 네 전화 때문에 ‘어때?’만 두 번 불렀어. 신곡은 한 번 불렀는데.

윤후는 그제야 이해했다는 듯 피식 웃었다.

제이의 활기찬 목소리와 바쁘게 활동하는 모습에 걱정하고 있던 마음이 가셨다.

윤후는 미소를 머금으며 입을 열었다.

“형 노래 들어봤어요. 축하해요.”

—하하, 그래? 어땠냐?

“좋던데요? 형이랑 딱 어울렸어요.”

—그래? 자식이 빈말도 할 줄 알고. 많이 컸네?

"진짜로요. 곧 형이 말한 대로 1위도 할 수 있겠어요."

—인마, 1위나 다름없어. 하하! 라이더 그 자식들만 없었어도 1등인데! 하하!

윤후는 다행히 만족해하는 제이의 밝은 목소리에 미소 지었다.

"대표님은 뭐라고 안 하세요?"

—지금 엄청 좋아해. 이제는 내가 기둥이란다. 하 참, 그런데 생각해 보니 열받네. 좋아하는 이유가 10위 안에도 못 들 줄 알았대. 지금 앨범도 생각보다 잘나가. 크크.

김 대표마저 만족하고 있다니 남은 걱정도 사라졌다.

그 뒤로 제이는 대부분 에델에 대한 얘기를 꺼냈고, 윤후는 에델 얘기가 나올 때마다 에델의 친오빠라도 된 듯 거리를 뒀다.

한참 동안 이뤄진 통화가 끝나고 나서야 윤후는 전화를 보며 미소 지었다.

그리고 또 다른 노래를 들으려 하다가 문득 제이가 말한 라이더의 노래가 궁금했다.

음원 사이트의 순위를 보니 제이의 말대로 1위부터 8위가 'US_Rider'였다. 별로 좋은 기억이 아니기에 얼굴을 씰룩이던 윤후는 여덟 곡을 전부 재생시켰다.

여섯 곡이 솔로 곡이었고 1위와 4위 곡이 단체 곡이었다.

그렇게 한참을 듣던 윤후는 못마땅한 듯 고개를 저었다. 실력은 예전에 들은 그대로였고, 노래 또한 죄다 비슷한 비트에 비슷한 느낌이었다.

도대체 왜 인기가 있는지 알 수 없었다. 취향 문제를 떠나서 객관적으로 들어봐도 제이의 '병'이 훨씬 괜찮은 곡이었다.

얼굴을 찡그린 윤후는 한국의 기사를 검색하기 시작했다. 영 마음에 들지 않는 기사가 눈에 들어왔다.

〈월드 스타 후가 만든 US_Rider〉

그런 제목의 기사가 한둘이 아니었다. 그리고 이상하게도 라이더 멤버들의 인터뷰에는 항상 자신을 언급하며 감사한다는 얘기가 있었다.

그렇지만 윤후에게 Rider는 썩 기분 좋은 기억이 아니었기에 감사 인사에도 오히려 기분이 좋지 않았다.

예전 킹스터가 준 USB에는 'US_Rider'의 인터뷰 예정도 들어 있던 것을 알고 있기에 그저 숲에서 자신을 이용하고 있는 것 같은 느낌이 들었다.

그리고 그때 마트에 갔던 은주와 함께 앤드류가 들어왔다.

윤후는 마침 잘 왔다는 듯 앤드류를 물끄러미 바라봤다.

"왜 그러십니까?"

"앤드류 씨, 한국의 숲 엔터 아세요?"

"네, 자세히는 모르지만 이름은 알고 있습니다."

'빈센트'에 대한 것 때문에 온 앤드류는 윤후의 얼굴을 보더니 장바구니를 주방에 놓고 곧장 소파로 향했다.

숲 엔터라는 이름은 윤후가 한국에 있을 때 좋은 관계가 아니었다는 것을 최 팀장을 통해 전해 들었다.

그래서 왜 윤후의 입에서 갑자기 그 이름이 나왔는지 궁금했다.

그리고 윤후는 자신의 말을 기다리는 앤드류를 보며 약간 걱정된 얼굴로 물었다.

"MfB가 커요, 숲이 커요?"

"음? 비교가… 잘못된 거 같습니다."

라온 같은 경우는 아예 회사에서 숙식을 해결했지만, 윤후가 MfB의 본사에 가본 건 크리스마스 때뿐이었다.

그리고 직접 본 MfB의 사무실은 라온보다 컸지만 자신이 본 숲보다는 작았다.

"숲이 그렇게 큰가요?"

"음, 숲이 큰 엔터테인먼트였습니까? 솔직히 말하면 MfB와는 비교 대상이 아닙니다."

윤후는 앤드류가 허세를 떤다고 생각하고 피식 웃었다.

"저번에 가보니까 회사는 별로 안 크던데."

앤드류는 크리스마스 때도 자신이 직접 운전을 해줬기에 윤후가 하는 오해를 단번에 알아차렸다.

그리고 회사의 규모까지 논하며 질문했다면 분명 말하기 곤란한 일이라고 생각했다.

지금 자신이 말하는 것보다 직접 눈으로 확인시켜 주고 믿음을 보여주는 것이 좋겠다고 판단했다.

"잠깐 저하고 가실 곳이 있습니다."

"어디요?"

"마침 회사에 가야 할 일이 있습니다. 팀원들과 함께해야 할 회의도 있고요."

"지금 바로요?"

앤드류는 과연 무엇이 윤후에게 자신들을 걱정하는 마음을 갖게 만들었는지 궁금해하며 자리에서 일어나 휴대폰을 꺼냈다.

"경호 대기 바랍니다."

* * *

회사를 구경한 윤후는 얼떨떨한 얼굴로 회장실에 자리했다.

마침 자리에 있던 콜린은 앤드류에게 이미 보고를 받았기에 지금 윤후가 이곳에 있는 이유를 알고 있었다.

"전에 제가 말씀을 안 드렸나 보군요. 저번에 보신 영화관부터 이 빌딩 전체가 MfB입니다. 33층 전부 사용하지는 않지만 빌딩 이름만 봐도 MfB이고요. 하하! 저번에 8층에서 보여 드린 건 너무 높아도 공연이 잘 보이지 않고, 8층이 제일 잘 보이는 위치라서 그랬는데 오해하게 만들었군요."

윤후는 자신이 속해 있는 회사가 이 정도로 클 줄은 생각도 못 했다. 처음에 계단을 통해 올라오며 앤드류에게 설명을 들었다. 각 층마다 다른 부서라는 말과 함께 직접 서류를 윤후에게 쥐어주었다.

윤후는 프로필이 붙어 있는 서류만 봐도 지금껏 자신이 잘못 생각하고 있었다는 것을 단번에 알게 수 있었다.

라온에서는 인디 밴드를 제외하면 자신까지 여섯 명이었다. 그런데 MfB는 관리하는 연예인이 세계적으로 천 명 단위가 넘었다.

회사의 다른 부분은 더 볼 필요도 없을 정도였다.

"무슨 일이 있는 겁니까? 저희가 알아야 도와 드릴 수 있습니다."

앤드류의 말에 윤후는 아니라며 고개를 저었다.

"도와달라고 하려는 게 아니라 기사를 수정했으면 해서요."

"무슨 기사 말씀이십니까? 저희가 문제될 만한 기사는 전부 관리하고 있습니다."

윤후는 휴대폰으로 본 기사들에 대한 얘기를 꺼냈다.

윤후는 자신이 걱정하던 것과 달리 콜린은 이게 전부냐는 얼굴로 앤드류에게 고갯짓을 했다.

그러자 앤드류가 고개를 끄덕이고 말했다.

"지금 바로 처리하겠습니다. 그리고… 자신의 위치에 대해 알 필요가 있으십니다. 그런 별 볼 일 없는 곳까지 걱정하실 위치가 아니십니다. 숲이라는 곳의 모든 것을 합쳐도 후 씨와는 비교하기조차 부끄러운 상대입니다."

앤드류가 진지한 얼굴로 말을 끝내자 콜린이 너털웃음을 지었다.

"아직 제대로 활동을 안 하셔서 그럽니다. 앤드류, 준비하고 있는 것 좀 보여주겠나?"

앤드류는 고개를 끄덕이고 곧바로 팀원을 불렀다. 잠시 뒤 긴장한 모습의 직원이 올라왔고, 앤드류는 직접 설명해 달라고 부탁했다.

준비가 끝나자 앤드류가 불을 꺼서 어둡게 만들었다. 직원이 프로젝터를 틀자 앤드류가 입을 열었다.

"후반 앨범 활동 계획입니다."

윤후는 마침 궁금했기에 고개를 끄덕이며 기다렸다. 앤드류가 신호를 하자 앞에 서 있던 직원이 사진을 바꾸며 설명했다.

"현재 열네 곳이 확정됐습니다. 미국에서만 세 번의 콘서트가 있으십니다. 그리고 지금부터 보시게 될 장소는 확정된 장소입니다."

윤후는 바뀐 화면을 가만히 쳐다봤다. 그러자 애덤이라는 직원의 설명이 이어졌다.

"미국의 공연을 제외하고 첫 번째 콘서트는 영국입니다. 장소는 런던 'O2 아레나'입니다. 수용 인원은 2만 석입니다. 이틀 2회의 콘서트를 할 예정입니다. 런던의 가수로는 현재 빌보드 33위에 있는 베이트가 오프닝을 열 예정입니다. 그다음은 일본 국립 경기장입니다. 예상 총 객석은 40,000석. 사실 좀 더 가능하지만 후 씨의 안전 및 관객들의 안전을 생각해 수용 인원은 그 정도가 적당하다고 판단했습니다. 그리고 다음은 중국입니다. 베이징 올림픽 주 경기장입니다."

끝도 없이 설명이 이어졌다. 각 나라의 내로라하는 경기장들이었다.

그리고 진행 중인 나라들도 전부 비슷할 거라고 말했다.

"총 예상 관객 수는 이백만 명으로 예상됩니다. 최저 공연으로 최다의 관객을 모으는 투어가 될 것입니다."

콜린은 박수와 함께 수고했다고 말하며 윤후를 바라봤다.

이런 일을 가능하게 만든 당사자이기에 별 볼 일 없는 곳에 신경 쓰게 하고 싶지 않았다.

콜린은 윤후가 고개를 끄덕거리는 모습에 어느 정도 이해한 것으로 생각하며 미소 지었다.

그리고 그때, 곰곰이 생각하던 윤후가 입을 열었다.

"저 한국에서도 공연하죠?"

"물론이죠. 제일 마지막이 한국 공연입니다."

윤후는 무엇을 생각하는지 고개를 끄덕거리기만 했다.

* * *

윤후는 처음으로 자신을 위해 일하는 사람들이 모여 있는 사무실로 향했다.

21층 한 층 전체를 사용하고 있었고, 복도에는 빈 곳이 보이지 않을 정도로 자신의 사진이 빼곡하게 붙어 있었다.

그 벽을 보며 앤드류를 따라 걸었고, 어느새 도착한 사무실에는 상당히 많은 사람들이 있었다.

"일들 보고, 팀장들은 전부 모이고."

앤드류의 말에 자리에서 일어서는 사람들 중 아는 얼굴도 보였고, 사무실에 있는 사람들 중 아는 얼굴들이 각 팀의 팀장이라는 것도 알았다. 그리고 저 많은 사람들의 대장이 앤드류였다.

"들어가시죠."

윤후는 앤드류의 말에 회의실로 걷다가 자신을 신기한 듯 보는 시선이 느껴졌다.

몸을 돌려 자신을 위해 일하는 사람들을 바라봤다. 그러고는 고개를 꾸벅 숙이며 크게 말했다.

"감사합니다!"

월드 스타가 갑자기 자신들에게 감사 인사를 하는 모습에 사무실에 있던 사람들은 놀란 얼굴을 했고, 앤드류도 생각을 못 했다는 듯 헛웃음을 뱉고 윤후를 안내했다.

회의실에 앉은 앤드류는 곧장 지시부터 내렸다.

"회의가 끝나는 대로 후 씨와 US_Rider가 함께 언급된 기사와 방송을 모두 알아보세요. 하나도 빠짐없이 내리도록 하고 한국의 숲이라는 곳에서 절대 후 씨에 대한 언급을 하지 않도록… 아니, 경고하십쇼."

앤드류의 말에 팀원들이 익숙하다는 듯 들고 온 태블릿 PC나 메모지에 지시 사항을 적었다.

"그리고 이 얘기는 준비되는 대로 다시 하고 지금은 후 씨의 '빈센트' 영상부터 말씀드리겠습니다."

앤드류의 보고를 듣고 있는 윤후는 그저 고개만 끄덕거렸다. 자신만 하더라도 가수가 되기 전 각종 노래를 아예 다른 노래로 바꾸기까지 했기에 사람들의 행동이 충분히 이해되었다.

다른 사람들이 빈센트를 어떻게 불렀을지 궁금함이 앞섰다.

"지금 영상은 그중 제일 많은 조회 수를 기록한 영상입니다. 한국 그룹으로 보입니다."

윤후가 고개를 끄덕이자 앤드류가 곧바로 영상을 재생시켰다.

화면을 본 윤후는 고개를 갸웃거리며 이마를 긁적였고, 앤드류는 곧바로 영상을 멈추고 윤후에게 물었다.

"왜 그러십니까?"

"저기 어디서 본 거 같아서요. 좀 더 봐요."

영상의 배경은 녹음실 부스였다. 상당히 낯익은 모습에 윤후는 어디서 봤는지 생각하며 영상을 봤고, 그때 영상에 노래를 부르는 사람이 등장했다.

윤후는 낯익은 얼굴의 등장에 약간 놀랐다.

"다즐링 퍼스트?"

US에서 B팀이었고 킹스터와 함께하는 다즐링이었다. 윤후는 잠시 놀랐지만 들리는 가사에 피식 웃었다.

*Shout out to Who!*

*First. 내 이름처럼 이번 노래엔 내가 첫 번째가 맞기를*
*지금 들리는 이 음악이 내게 알려주네. 내가 갈 길을*

첫 만남 때 구성이 잘못되어 파트를 바꿔준 것을 얘기하고 있었다. 윤후와 자신들만 아는 얘기를 가사로 풀어냈다.

그리고 잠시 뒤 다즐링의 멤버 여섯 명 모두가 차례차례 등장했다.

약간 부족한 면도 보였다. 하지만 가사가 대부분 자신을 응원하고 있었고, 예전 일을 고마워하고 있었다. 지금 다즐링도 빈센트를 커버송으로 만들어 인기를 끌고 있었지만 US_Rider와는 전혀 다른 느낌이었다.

미소까지 보이며 영상을 봤고, 앤드류는 그런 윤후를 조심스럽게 살폈다.

만족해할 리가 없다고 생각했는데 만족하는 얼굴이었다.

영상이 끝나자 앤드류는 곧장 입을 열었다.

"만족하시는 겁니까?"

"네? 아, 그냥 아는 사람들이에요. 잘하네요."

윤후는 다시 영상을 재생시켰다. 저 영상을 찍은 사람은 킹스터가 분명했다. 그러고 보니 미국에 올 때 킹스터에게 말도 안 하고 왔다는 생각이 떠올랐다.

"저도 영상 찍어서 올려도 돼요?"

"무슨 영상을 말씀이십니까?"

"그냥 이 영상에 대한 답변 정도?"

앤드류를 비롯해 팀원들은 생각하는 듯하더니 모두 동시에 고개를 저었다.

"안 됩니다. 만약에 하시게 되면 대중들이 차별한다고 항의할 것이 분명합니다. 영상마다 다 하시겠다면 몰라도 하나만 찍어서 하는 건 안 됩니다. 그냥 전화로 하시죠."

"영상이 많아요?"

"네, 셀 수 없을 정도로 많습니다."

모두가 고개를 젓는 모습에 윤후는 자신도 모르게 웃음이 나왔다.

라온에 있을 당시에는 팬들이 단 댓글에 수백 개의 답글을 단 적도 있는데, 앤드류를 비롯한 팀원들은 애초에 봉쇄하고 있었다. 방식은 다르지만 두 곳 모두 자신이 사랑받도록 하는 것이 느껴졌다.

"백 개 정도는 괜찮을 거 같은데……."

"힘드십니다. 그렇게 하지 않으셔도 됩니다."

윤후도 알았다는 듯 고개를 끄덕일 때, 갑자기 사무실과 회의실 천장에서 사이렌 소리가 요란하게 울리기 시작했다.

위이이잉— 위이이잉—

윤후는 갑자기 울리는 소리에 당황하며 앤드류를 보자, 앤드류가 회의실 창문을 두드리고 손가락을 튕기며 천장을 가리켰다.

그리고 곧바로 사이렌 소리가 꺼지자 앤드류가 고개를 숙이며 말했다.

"놀라게 해서 죄송합니다. 지금 음원 사이트에 후 씨의 '약속'이 공개되었습니다. 그걸 알리는 소리입니다."

사이렌 소리 때문인지 회의실 밖 사무실이 갑자기 분주해졌다. 자신의 곡 공개에 맞춰 사이렌까지 울리는 모습에 적잖이 당황한 윤후였다.

"매번 제 곡 나올 때마다 이러셨어요?"

"네, 맞습니다. 미국에서 제일 먼저 공개되고 각 나라마다 노출이 잘되는 시각에 맞춰 공개됩니다. 프로모션 된 나라는 백 곳이……."

윤후는 왠지 부끄러움에 이마를 긁적이며 보고 있던 영상으로 고개를 돌렸고, 앤드류는 말을 하다 말고 멈췄다.

그리고 무얼 생각하는지 윤후와 윤후가 보고 있는 영상을 물끄러미 바라봤다.

"백 개는 가능하십니까?"

"네?"

"영상 찍는다고 하신 거 말입니다."

갑작스러운 앤드류의 질문이었지만 윤후는 자신이 말한

것이기에 대답하며 고개를 끄덕였다. 그러자 앤드류가 잠시 생각하더니 말했다.

"그럼 하시죠. 다만 하시고 싶은 말 외에 몇 글자만 더 넣도록 하죠."

"무슨 말이요?"

"부담 갖지 마시고 '7월 6일 Imperfect가 완성됩니다', 이 정도가 좋겠습니다."

앤드류의 말이 끝나자 팀원들은 단번에 알아차리고 고개를 끄덕이며 감탄한 얼굴이 되었다.

그들은 윤후가 있는 것도 개의치 않고 곧바로 의견을 쏟아내기 시작했다.

"각 나라마다 대표 영상을 저희가 뽑고 후 씨가 그 영상에 대해 인사하는 영상을 광고로 붙이는 게 좋을 것 같습니다."

"그럼 그 영상을 보러 온 사람들에게 후 씨가 좀 더 노출될뿐더러 팬들과 소통하고 있다는 것을 확인시켜 주는 일이 될 것입니다."

"그렇지! 자연스럽게 앨범 홍보까지! 아예 각 나라 언어로 인사하는 게 어떨까요?"

윤후는 각 나라 언어로 하라는 말에 식겁했다. 예전에 배운 일본어도 기억나는 것이 없는데 벌써부터 걱정되었다. 하지만 팀원들의 의견은 끝날 생각이 없이 계속 나왔다.

"역시 굉장하시네요. 투어 때도 각 나라마다 그 영상을 틀어주는 것이 좋을 것 같습니다. 그 나라에 친근함을 표현할 수도 있고요."

"그렇지. 아예 영상의 대상을 일등석으로 초청하는 것도 좋겠는데?"

의견을 듣던 윤후도 지금 나온 의견은 재밌어 보였는지 끼어들었다.

"아예 무대에서 노래하라고 그러면 되잖아요?"

"그래도 되겠습니까? 한 곡이라고 해도 부담되실 겁니다."

"전 연주곡이니까 연주만 하면 되는데 부르는 사람이 부담되겠죠."

앤드류는 윤후의 맞는 말에 피식 웃었다. 윤후는 그저 연주만 하면 되는 일이었다.

앤드류는 고개를 끄덕이며 투어에 대해 일을 맡은 팀원을 손가락으로 가리켰다.

"투어 확정된 나라부터 영상 모아. 나라별로."

윤후도 킹스터와 다즐링 멤버들의 반응을 떠올리며 미소 지었다. 그리고 이어진 회의는 윤후가 있어서인지 금방 마무리되었기에 윤후가 자리에서 일어서려 할 때 자신의 눈치를 보는 팀원들의 모습이 보였다.

"왜요? 아직 뭐 남았나요? 남았으면 해도 돼요. 제 노래에 대한 일이잖아요."

윤후의 말에 팀원들이 이번엔 앤드류의 눈치를 보더니 조심스럽게 입을 열었다.

"저… 가시기 전에 사진 한 번만……."

윤후는 어려운 부탁도 아니었기에 어깨를 으쓱거리며 피식 웃었다.

사진을 찍으려는데 회의실 창문으로 부러워하는 눈빛의 사람들이 보였다. 윤후는 미소를 지으며 말했다.

"나가서 다 같이 찍어요."

그렇게 하여 MfB의 21층 복도에 모든 팀원이 함께한 단체 사진이 추가되었다.

비록 너무 많은 사람 탓에 윤후의 얼굴이 제대로 보이지 않았지만 모두가 웃고 있는 사진이었다.

*　　　*　　　*

며칠 뒤, 앤드류가 직접 선정한 영상들을 가지고 왔다. 물론 혼자 온 것은 아니었다.

촬영 팀까지 대동했고, 이미 윤후의 작업실에는 카메라 설치가 완료되었다.

"오늘은 열 나라만 찍을 예정입니다. 미국과 영국, 캐나다 등 영어권 나라와 한국을 포함해 열 곳입니다."

윤후는 앤드류가 준비해 온 시놉시스를 보며 고개를 끄덕였다. 어려울 만한 것이 없었다. 영상을 보는 장면을 촬영하고 그 영상에 대해 감상평을 말하면 되었다.

그리고 앨범에 대한 홍보를 하면 끝이었다.

자연스럽게 연출한다며 메이크업도 간단하게 했다. 옷도 전부 새 옷이기는 했지만 간단한 후드 티였기에 부담스럽지 않았다.

그런데도 시놉시스를 보는 윤후의 시선은 한 곳에서 멈춘 채 움직이지 않았고, 수시로 미간을 찡그렸다 펴기를 반복했다.

"앤드류 씨, 이거 좀 바꾸면 안 돼요?"

"이상합니까?"

"네, 다 괜찮은데… 이건 너무 이상한데요."

앤드류는 윤후가 보던 시놉시스를 보더니 고개를 갸웃거렸다.

"여기는 CG를 넣을 거니까 손가락을 좌에서 우로 죽 긋기만 하시면 됩니다. 그럼 움직임에 맞춰 글 색깔이 바뀌게 됩니다."

앤드류는 마치 자신이 촬영이라도 하는 듯 진지한 얼굴로 손가락을 들어 올리며 시범을 보였다.

"7월 6일 'Imperfect'가 'Perfect'가 되어 여러분을 찾아갑니다."

"……."

"익숙해지시면 괜찮습니다. 해보시죠. 손가락을 좌에서 우로."

스태프의 간식거리를 준비하던 정훈과 은주는 얼굴을 찡그린 채 앤드류를 따라 하는 윤후의 모습에 그만 웃음을 터뜨렸다.

# Chapter 8

## 마음의 준비

제이의 앨범이 생각보다 잘되고 있기에 김 대표는 기분이 들떠 있었다.

아직 순위는 그다지 높지 않지만, 다른 가수들의 노래는 순위가 오락가락 변동되고 있었지만 제이의 곡은 꿋꿋하게 자리를 지키고 있었다.

다만 더 올라가지 못하는 것이 약간 아쉽기는 했지만, 지금으로도 충분히 만족스러웠다. 게다가 제이의 음반은 라온에서 처음으로 해외 음반 시장에 판로를 여는 계기가 되었다.

비록 아시아권이기는 하지만 윤후와 약속한 대로 차근차근 길을 넓히고 있어 그 어느 때보다 직접 바쁘게 움직이고 있었다.

게다가 제이의 일로 일본까지 다녀와 쉴 만도 한데 곧장 회사로 나온 김 대표였다.

"대표님, 마츠우라에서 제이 굿즈 상품들 도착했다고 연락 왔습니다. 거기에 추가로 포토집을 제작했으면 한다고 그러더군요. 오후에 시안을 보낸다고 했습니다."

"그래? 오기 전에 아무 말도 없었는데? 그런데 다 팔리긴 할까?"

"윤후 덕에 제이 인지도도 꽤 좋습니다."

"글로벌 아재로? 어휴, 내가 일본에서 글로벌 아재라는 말을 듣고 얼마나 식겁했는지. 그럼 예정보다 빨리 출발해야겠네?"

김 대표는 바쁜 스케줄에도 상당히 즐거워하는 제이를 떠올리며 피식 웃었다. 제이도 즐기며 열심히 활동 중이었고, 무엇보다 곧 있으면 윤후의 앨범에서 '어때?'도 공개될 예정이다. 그럼 제이의 인지도가 오르는 것은 당연했다. 지금도 윤후와 함께한 경력 덕분에 해외 진출이 쉬울뿐더러 여러 가지로 덕을 보고 있었다.

제이가 잘 풀려서인지 앞으로 차례차례 나올 가수들의 앨범도 자신 있었다. 그때, 사무실 문을 열고 김진주가 헐레벌떡 내려왔다.

"팀장님! 어? 대표님 오셨어요?"

"야, 문 부서져. 살살 다녀라."

"잘됐네요! 빨리, 빨리 와보세요. 아니지. 팀장님, 잠깐 컴퓨터 좀 쓸게요."

김 대표는 옥탑 사무실까지 김진주와 새로 뽑은 직원들에게 내주었다.

워낙 윤후의 팬클럽에 유입도 많았고 일도 많이 일어났기에 실시간으로 관리할 사람이 필요했기에 뽑은 직원들이다.

그런 팀까지 꾸리긴 했지만 제이의 앨범이 나와 일본까지 다녀오느라 신경을 쓰지 못했다.

김진주가 허겁지겁 내려온 모습에 분명 또 무슨 일이 터진 건가 싶었다.

"이거 보세요!"

김진주는 팬카페가 아닌 Y튜브에 들어가더니 영상 하나를 화면에 띄웠다.

그러자 김 대표는 이미 알고 있는 듯 어깨를 으쓱거렸다.

"이거 수덕이 애들이잖아. 저번에 봤어."

"아니요! 좀 보세요!"

김진주가 재생시키자 광고가 나오기 시작했다. 회색 화면에 노이즈가 들리더니 화면이 껌뻑껌뻑했다. 그러더니 껌뻑거릴 때마다 화면의 하단에 글자가 생기기 시작했다.

"야, 광고는 넘기고. 시간 없다."

"아 참, 광고 때문에 보라고 하는 거예요!"

김 대표가 김진주를 못마땅해하며 볼 때 화면의 글자가 완성되었다.

"저 단어, 어디서 많이 봤는데… Imperfect?"

그러자 최 팀장이 곧바로 말했다.

"윤후 앨범 제목입니다."

"아, 맞다! 뭐야? 윤후 이제 광고도 찍어? 자식이 우리랑 있을 때는 광고 그렇게 싫어하더니!"

그리고 잠시 뒤 글자가 요동치듯 흔들리더니 문이 열리듯 좌우로 쪼개지기 시작했다. 이어진 화면에 익숙한 뒷모습이 보였다.

"저거 윤후네."

윤후의 뒷모습과 함께 윤후가 보고 있는 화면이 나왔다. 현재 킹스터와 함께 있는 다즐링이 올린 영상이었다.

아무리 봐도 광고는 아닌 듯 보였다.

"이게 뭔데? 무슨 광고야?"

김 대표가 궁금한지 김진주에게 물을 때, 화면에서 의자를 돌리는 윤후가 보였다. 그리고 윤후가 영어가 아닌 한국

말을 하기 시작했기에 김 대표는 입을 다물고 화면을 바라봤다.

—좋네요. 다들 많이 늘었어요. 네오 씨의 목소리를 좀 더 살렸다면 좋았을 텐데. 부드러운 곡인데도 임팩트 있게 보이려고 너무 힘을 줘서 오히려 느낌이 죽네요. 그 점만 빼고는 괜찮네요.

"뭐야, 이놈 이거? 저 말 하려고 영상 붙인 거야? 전화로 하든가! 자식이 말이야!"

김 대표는 어이가 없는지 입을 벌린 채 영상을 쳐다봤다.

가뜩이나 조회 수도 높은 영상인데 자칫하면 다즐링이 아닌 윤후의 이미지에 손상이 있을 수도 있었다.

그렇다고 윤후가 찍어서 올린 건 아니었다. 영상에 광고로 붙은 걸로 봐서는 분명 MfB에서 도움을 줬을 것이다.

김 대표가 뭐가 어떻게 되고 있는지 쉽게 이해가 되지 않아 걱정스러워할 때, 윤후의 목소리가 이어졌다.

—그 부분만 제대로 연습해요. 콘서트에서 실수하지 말도록. 참, 같이 서줄 수 있죠?

김 대표와 최 팀장은 물론이고 사무실에 있던 사람들이 이해를 못 했는지 서로의 얼굴을 쳐다보았다.

"얘가 무슨 소리를 하는 거야?"

그때, 화면이 바뀌며 윤후의 등 뒤로 고척돔 경기장의 외관이 희미하게 보였다. 윤후가 엄지로 뒤를 가리키며 말했다.

**—아직 날짜가 정해지진 않았는데, 투어의 마지막이 한국이거든요. 지금 당장 가고 싶지만 조금 바빠서요.**

그제야 김 대표는 윤후가 하는 말을 이해했다. 한국에서 할 콘서트에 게스트를 직접 초대하는 것이었다.

이건 상대방에서 거절하면 윤후로서도 타격이 있을 수 있지만, 일반인이 아닌 이상 이런 기회를 놓칠 리가 없었다.

그리고 자신에 대한 확신이 없다면 할 수 없는 일이다. 그런 일을 벌이는 모습에 넋 놓고 화면을 봤다.

**—활동도 안 하면서 뭐 하느라 바쁘냐고요?**

사무실 사람들은 모두 윤후의 모습에 시선을 고정했고, 윤후가 들어 올리는 손가락을 따라 눈동자가 움직였다.

윤후의 손가락이 움직이기 시작하자 손가락 끝에서 스파크가 일더니 글이 새겨지기 시작했다. 그리고 윤후의 얼굴이 클로즈업되었다.

—7월 6일 'Imperfect'가 'Perfect'가 되어 여러분을 찾아갑니다.

김 대표는 물론이고 최 팀장까지 팔을 쓰다듬었다. 화면에서 윤후의 모습이 사라지고 'Imperfect'의 글이 새겨지고 있지만, 사무실 사람들은 전부 고개를 돌리고 있었다.

그리고 영상이 끝나자 김진주가 박수를 치며 자리에서 일어섰다.

"진짜 멋있죠? 이거 영어 버전도 있어요. 그건 영국에서 커버송 올린 사람한테 말한 건데, 보실래요?"

김진주는 감격한 얼굴로 다른 영상을 틀었지만, 김 대표는 여전히 모니터를 보지 못한 채 최 팀장에게 말했다.

"허, 너무 오글거린다. 윤후가 저걸 했다고?"

"아무래도… 전부 CG 같습니다."

"그렇지? 하하! 요즘 CG 기술이 대단하네."

김 대표는 영상을 모두 확인하고 나서야 나라별로 이뤄진 거라는 걸 알았다.

그런 영상을 찍은 윤후나 커버송에 광고를 만들어 붙이는 MfB나 모두 대단해 보였다.

그리고 윤후의 앨범 발매 날짜도 자신들을 생각한 것같이 느껴졌다.

루아와 제이의 활동이 끝나는 다음 주부터 시작이다.

딱 루아의 활동이 마무리될 때쯤에 윤후의 앨범이 발매된다. MfB의 계획을 모르는 김 대표는 아마 윤후가 부탁했을 거라고 오해했다.

"자식이… 지 노래는 POP에 올라오는구만… 별걸 다 신경 쓰네."

김 대표가 윤후를 떠올리며 미소 지을 때 전화가 울렸다. 번호를 확인한 김 대표는 피식 웃으며 통화 버튼을 눌렀다.

"수덕아, 너도 봤냐?"

—아, 본명 좀 부르지 말라니까요. 지금 MfB에서 전화 왔어요. 그래서 회사 전화번호 알려줬는데… 너무 갑작스러워서…….

"뭐야? 벌써 전화 왔어? 언제?"

—윤후가 제 번호를 알려줬다고 하더라고요. 지금 막 전화 끊고 바로 대표님한테 전화한 거예요. 그런데 윤후는 저하고 애들 라온으로 들어온 거 모르는 눈치 같던데요? 알면 대표님한테 전화할 텐데…….

"모르지. 뭐 하러 묻지도 않는 걸 얘기해. 알았어. 애들은 어때?"

—지금 애들도 정신 못 차리고 있죠.

통화를 마치고 휴대폰을 내려놓을 틈도 없이 김 대표의 휴대폰이 또다시 울렸고, 휴대폰 화면에 뜬 이름을 보며 피식 웃고는 통화 버튼을 다시 한번 눌렀다.

—대표님, 킹 PD님 우리 회사로 들어왔어요?

"어디? MfB? 아닌데. 수덕이 라온 소속인데?"

—언제요?

예전 다즐링의 네오가 광고 음악 할 때 연습실을 이용하라는 말을 대식을 통해 전했다.

그때에도 회사 소속의 프로듀서가 부족했기에 영입하려고 건넨 제안이었다. 그리고 연습실이 필요하던 킹스터는 라온에 방문했고, 휴게실 및 연습실에서 지내던 다즐링의 멤버들은 모두 라온 소속이 되길 원했다.

전에 있던 숲과 전혀 다른 분위기도 마음에 들었지만, 무엇보다 후가 돌아올 거란 확신이 있었다.

아직까지 휴게실에는 윤후의 이름으로 된 팻말이 붙어 있었다.

"그런데 너 걔네들 데리고 괜찮겠어? 걔네 아직 앨범도 안 나온 애들인데."

—잘하잖아요. 중국 공연은 일반인이랑 하는데요.

"하하, 자식이. 제이랑 루아 알면 엄청 섭섭하겠네."

—왜 섭섭해요? 제이 형 며칠 전에 통화할 때 보니까 완전 신나 있던데.

"아니, 공연에 지들 말고 연습생 애들이 서니까. 하하! 농담이다."

김 대표는 장난친다고 꺼낸 말이었지만, 뱉고 나서야 괜한 말을 했다는 생각이 들었다. 인상을 쓰며 자책할 때, 윤후의 목소리가 들렸다.

—아직 앤드류 씨가 얘기 안 했나 본데요?

"무슨 얘기?"

—저 해외 투어 갈 때 '어때?' 때문에 같이 움직이는 거 같던데요?

김 대표가 고개를 갸웃거리느라 대답이 없자, 윤후가 옆에 있는 사람에게 무언가를 물어보는 것 같았다.

—아, 최 팀장님한테 말했대요.

"그래? 기다려 봐."

김 대표는 곧바로 최 팀장에게 물었다.

"최 팀장, 윤후가 자기 투어 할 때 제이랑 루아 같이 간다고 하던데 들은 얘기 있어?"

"네, 대표님이 내일이야 오실 줄 알고 책상 위에 보고서만 올려뒀습니다. 그쪽에서 내일 한국에 도착한다고 해서 내일 약속 잡아놨습니다."

"어, 그래?"

김 대표는 기다리는 윤후에게 급하게 말했다.

"내가 다시 전화할게."

김 대표는 곧장 최 팀장이 책상에 올려놓은 보고서부터 확인했다. 몇 장 없었지만 자신이 보고 있는 것이 맞는 것인지 헷갈렸다.

"확정된 나라만… 40개국이야? 정말 제대로 월드 투어인데? 여기에 루아랑 제이도 같이 간다는 얘기지?"

"네, 게다가 투어 예정이 8월 달이면 저희 쪽 스케줄도 생각해 준 것 같습니다."

*　　　*　　　*

윤후는 자신의 일 때문에 모두가 바쁘게 움직임에도 불구하고 정훈, 은주와 함께 거실 소파에서 한가롭게 태블릿 PC를 보고 있었다.

'빈센트'의 커버송 영상에 윤후가 찍은 앨범 광고가 붙은 뒤 조회 수가 말도 안 되게 폭발적으로 늘었다.

영국 커버송에서는 제일 조회 수가 높은 영상이 아닌, 인기가 없던 영상에 윤후의 광고가 붙었고, 하루 만에 폭발적으로 조회 수가 늘더니 결국에는 제일 높아졌다.

그래서 사람들은 윤후가 제일 인기가 좋은 영상이 아닌, 마음에 드는 영상을 뽑는다는 것을 알았다.

너나 할 것 없이 '빈센트'의 커버송을 올리기 시작했다. 우후죽순으로 늘어난 영상들은 가지각색이었고, 윤후는 대부분 광고 촬영이 끝났지만 아직 찍지 못한 나라가 있기에 영상들을 확인했다.

"아줌마, 이거 보세요."

어린아이들이 직접 가사를 만들고 부른 영상이었다. 이런 영상들이 한두 개가 아니었다.

같은 학교의 같은 반 친구들, 같은 동아리, 같은 직장에 다니는 사람들, 심지어는 현직 가수로 활동하는 사람들이나 같은 레이블 소속의 가수들 여럿이 모여 '빈센트'에 가사를 붙여 노래를 부르고 그 영상을 올렸다.

그러다 보니 젊은 층은 물론이고 나이 많은 사람들도 '빈센트'를 한두 번씩은 들어봤을 정도였다.

그만큼 '빈센트'는 최장 기간 1위를 노리는 'Lon'보다 노출이 많이 되고 있었다.

사람들의 입에서 '빈센트'가 들리자 은주는 미소를 머금고 화면을 바라봤다.

남편이 남겨두고 간 노래로 사람들이 즐거워하고 있었다. 마치 남편인 배성철이 자신을 위해 선물을 남겨놓은 기분이 들었다.

은주는 미소를 머금고 있지만 눈가에는 눈물이 고여 있었다.

"아줌마도 가사 붙여보실래요? 미국에서 뉴욕, 휴스턴, LA에서 공연하는데 아직 하나도 못 찍었거든요."

"호호, 한번 해볼까? 아버님도 해보세요."

"전 괜찮습니다. 하하!"

은주는 손으로 눈물을 훔치고 윤후를 바라봤다.

남편의 선물을 자신에게 전달해 준 아이.

항상 외롭게 있던 자신에게 어느새 가족처럼 가까워진 윤후였다.

은주는 윤후의 손에 자신의 손을 올렸다.

"아줌마가 말은 안 해도 항상 고마워하는 거 알지? 정말 고마워."

윤후는 갑작스러운 감사 인사에 아무런 말도 하지 못했다. 감사 인사는 자신이 해야 한다고 생각했고, 아직 제대로 얘기를 하지 못해 숨기는 기분 때문에 미안하기만 했다.

하지만 어떻게 말을 꺼내야 할지 걱정되었다. 지금도 고마워하는 은주나 예전에 스마일을 들려주었을 때 고마워하던 경비 할아버지, 함께 노래를 불러줘서 고마워하던 제이, 그리고 자신의 얘기로 즐겁게 노래해 줘서 고맙다고 말하던 론, 아직 꿈을 이루진 못했지만 한발 가까이 다가서게 만들어줘서 고맙다고 하던 에델.

그들 모두에게 말해야 했다.

그래서 윤후는 자신의 손을 잡고 있는 은주의 손이 부담스럽게 느껴졌다.

그런 두 사람의 모습을 보고 있는 정훈은 윤후의 얼굴만 보고도 윤후가 지금 어떤 생각을 하는지 느껴졌다.

전부터 윤후가 많이 고민한 것을 알기에 정훈은 은주를 보며 조심스럽게 입을 열었다.

"조 여사님, 혹시 영혼을 믿으십니까?"

"영혼이요? 뜬금없이 갑자기 웬 영혼을… 그래도 영화 같은 데서 종종 소재로 사용되는 걸 보면 있지 않을까요?"

윤후는 정훈이 얘기를 꺼내려는 모습에 적잖이 당황했다.

김 대표에게는 상황을 해결하느라 정훈이 말했다 하더라도 다섯 영혼과 연관된 사람들에게만큼은 직접 얘기를 해야 한다고 생각했다.

물론 정훈도 그들에 대해 잘 알고 있을 테지만 자신만큼은 아니었다.

그래서 자신이 직접 말하려고 하는데 연속으로 재생되는

태블릿 PC에 자신의 모습이 보였다.

—7월 6일 'Imperfect'가 'Perfect'가 되어 여러분을 찾아갑니다.

윤후는 고개를 끄덕였다. 영혼들과 함께 만든 노래와 그들이 남겨놓은 흔적을 찾다가 만든 노래.

그 노래들이 담긴 앨범을 들고 말하는 것이 좋을 것 같았다.

*　　　*　　　*

며칠 뒤, 루아의 앨범이 발매되었다. 여섯 곡의 미니 앨범이었고, 그중 윤후가 들어본 적 있는 노래가 타이틀곡으로 발표되었다.

Dream.

루아가 자폐증을 앓고 있는 동생에게 쓴 노래였다. 윤후가 자신의 얘기로 오해했을 정도로 아픈 사람의 마음을 제대로 표현한 곡이었다.

루아 덕분에 힌트를 얻어 'Lon'을 만든 윤후는 내심 기대하며 노래를 들었는데 역시 루아였다.

제이의 곡은 대중적이기는 해도 그중에서도 마니아층이 있었지만, 루아의 곡은 모든 사람이 두루두루 좋아할 만했다. 그리고 그걸 반영이라도 하듯 앨범이 발매되자마자 여전히 건재하다는 것을 앨범 순위에서 보여주었다.

1. Dream — Rua.

US_Rider까지 밀어내고 1위부터 10위 안에 앨범의 모든 곡을 줄 세웠다. 워낙 인기가 있는 루아이기에 가능한 일이기도 했지만, 윤후가 듣기에 당연히 1위를 차지할 만한 곡이었다. 그리고 활동을 마치긴 했지만 줄곧 10위 안에 있던 제이의 곡이 밀려났다.

아마 라온은 난리가 났을 것이다.

예전에 김 대표가 윤후에게 박재진 이후로 처음으로 회사 가수가 1위를 해본다고 했으니 라온이 세워진 이후 세 번째로 1위 가수였다.

제이에게는 미안하지만 알게 모르게 뿌듯한 마음이 들었다.

"아들, 왜 그렇게 웃어? 누가 보면 아들 노래가 나온 줄 알겠네."

"좋아요. 루아 누나 한국에서 1등이에요."

"하하, 김 대표님 또 엄청 웃고 계시겠는데? 아주 잔칫집이겠어."

"좋아하고 있을 거예요."

"그러지 말고 전화해서 직접 축하해 줘."

윤후는 고개를 끄덕이고는 휴대폰을 꺼내 들어 루아가 아닌 김 대표에게 전화를 걸었다. 루아는 당연히 첫날이니 스케줄이 있을 것이다.

―어, 윤후야, 잠깐만!

윤후는 다급하게 들리는 김 대표의 목소리에 역시 생각한 대로 바쁜 것 같았다.

미소를 지으며 기다리는데 전화기 너머로 어눌한 목소리로 같은 말을 반복하는 소리가 들렸다.

―누나한테 가요. 로빈 누나한테 가요.

―그래요. 이제 갈 거예요. 조금만 기다려요. 알았죠?

―누나한테 가요. 지금. 누나가 기다려요.

김 대표가 누군가를 달래는 듯 들렸기에 윤후는 고개를 갸웃거렸다.

―아, 대표님, 죄송해요. 저희 로빈이 승희를 너무 따라서요. 로빈, 이제 갈 건데 차 타고 갈까, 비행기 타고 갈까?

―비행기 싫어요. 차! 큰 차가 좋아요! 푹신한 차! 푹신푹신!

어눌한 목소리의 보호자로 보이는 사람의 목소리가 들린 뒤 잠시 후 김 대표의 목소리가 들렸다.

—어, 미안. 엄청 바쁘네.

"누구 왔어요?"

—아, 루아 동생. 캐나다에서 왔거든. 루아가 오늘 첫 방송인데 첫 방송만큼은 꼭 동생한테 직접 불러주고 싶다고 해서.

윤후는 좀 전에 들리던 목소리가 루아의 동생이라는 말에 어눌한 목소리며 반복해서 말하는 것이 이해되었다.

그리고 루아가 자신을 부러워하던 것이 떠올랐다.

자신처럼 자폐증을 이겨내고 하고 싶은 걸 했으면 한다고 했고, 그걸 응원하기 위해 노래까지 만든 루아였다.

"잠깐만요. 다시 전화할게요."

—안 돼. 너 영상통화 하려고 그러지? 나중에 해. 루아가 이번에 컴백하면서 '솔로 예찬'에 특집으로 나와서 관찰 카메라 찍는다고 회사에 촬영 팀 잔뜩 있어. 너 지금 영상통화 하면 백 프로 방송에 나온다. 우리야 좋긴 해도 너 그 얼음장한테 설교 들을걸.

윤후는 잠시 생각하더니 피식 웃고 말했다.

"앤드류 씨 안 그래요. 금방 걸게요. 진주 누나한테 걸 테니까 컴퓨터 켜놓으세요."

—야, 야!

윤후는 전화를 끊고 컴퓨터가 있는 작업실로 가려고 자리에서 일어섰다.

"아들, 루아 씨 동생이 자폐증이야?"

정훈이 알 리가 없었기에 윤후는 자신이 알고 있는 것을 간단하게 말해주었다.

그러자 정훈도 궁금했는지 윤후를 따라 작업실로 따라 들어왔다.

컴퓨터에 앉은 윤후는 곧장 영상 프로그램으로 김진주에게 대화 신청을 했고, 곧장 화면에 김진주의 얼굴이 보였다.

간단히 인사하자 김 대표가 얼굴을 들이밀었다.

—얘가 왜 이래. 야, 좀 비켜! 어우, 힘도 세.

김 대표는 김진주를 힘겹게 밀어내고 윤후에게 말했다.

—안 바빠? 그냥 나중에 하지. 당분간 한국에 있을 거라고 했는데.

"안 바빠요. 어디 있어요?"

그러자 김 대표가 루아의 엄마로 보이는 사람과 카메라를 뚫어지게 보고 있는 로빈에게 윤후를 소개했다.

루아의 엄마는 당연히 윤후를 알고 있었기에 반갑게 인사했고, 그에 윤후도 인사했다. 이어 로빈에게 윤후를 소개해주는 말이 들렸다.

—로빈, 인사해야지. 누나랑 같이 노래 부른 사람이잖아.

"안녕하세요."

윤후가 먼저 인사를 했지만 로빈은 관심이 없는 듯 캠 카메라에 손가락을 댔다.

그러자 윤후의 화면에 아무것도 보이지 않았다. 비록 자신이 자폐증을 앓았다 하더라도 막상 로빈을 마주하니 어떻게 대해야 할지 난감했다.

아무런 말도 없이 화면만 보이길 기다리고 있자 정훈이 윤후를 밀어내며 화면을 보고 말했다.

"어머님, 로빈이 관심 있어 하는 게 있나요?"

정훈은 로빈이 아닌 로빈의 엄마에게 물었다.

—그림 그리는 걸 좋아해요. 만화 그리는 걸 좋아하거든요.

그러자 정훈은 미소를 짓고 알았다는 듯이 고개를 끄덕였다. 윤후는 그런 정훈을 물끄러미 바라봤다.

자신도 어렸을 때 로빈과 마찬가지였을 테니 정훈에게는 이 상황이 익숙할 것이다.

"로빈, 로오빈, 로빈아."

계속해서 로빈의 이름을 부르자 카메라에서 손가락을 떼고 두리번거리는 로빈이 보였다. 그러자 정훈이 어린아이에게 하듯 손동작까지 하며 말했다.

"로빈은 만화 좋아해? 어떤 만화 좋아할까? 한국에서 나온 만화 알아? 아저씨는 둘리 엄청 좋아하는데."

그러자 화면 속 로빈이 정훈을 뚫어지게 보고 정신없이 손을 올렸다 내렸다 하며 무언가를 생각하는 듯하더니 입을 열었다.

—둘리 아니에요. 둘리 아니야. 로빈은 슈퍼맨 좋아. 슈퍼맨 날아요.

—호호, 우리 로빈이 슈퍼맨 광팬이거든요.

로빈은 정신없이 손을 들어 올리며 슈퍼맨 얘기를 했다. 만화로 본 장면을 하나하나 설명했고, 정훈은 거기에 맞춰 과할 정도로 호응해 줬다.

로빈은 신이 난 얼굴로 엄마와 화면 속 정훈을 번갈아 보며 더욱 신나했다.

—아저씨한테 로빈이 그린 슈퍼맨 보여 드려.

—어. 로빈, 슈퍼맨 잘 그려. 빰빠밤, 빠라라빰빰.

화면으로 보이진 않았지만 고개를 숙이고 있는 것을 보면 엄마가 말한 대로 슈퍼맨을 그리는 듯했다.

로빈의 엄마가 조용하게 말했다.

—미안해요. 슈퍼맨 그리기 시작하면 시간 가는 줄 몰라서. 바쁜데 우리 로빈이랑 통화도 해주고 감사합니다.

"아닙니다. 하하! 건강하고 좋은걸요."

—지금 안 끊으면 또 언제까지 슈퍼맨 얘기만 할지 몰라서

요. 나중에 따로 인사드릴게요.

로빈의 엄마가 통화를 끊으려 할 때, 그림을 그리던 로빈이 알아차렸는지 완성이 덜된 그림을 화면에 들이밀었다.

그리자 로빈의 엄마가 사과하며 끊으려 했고, 정훈은 괜찮다고 말하며 로빈의 그림이 완성되길 기다렸다.

잠시 후 로빈이 그림을 완성했는지 종이를 들어 올렸다.

윤후는 그저 그럴 것이라고 생각했는데 실사화에 비하면 부족하지만 상당히 잘 그린 그림이었다.

옆에서 지켜보던 윤후는 물론이고 정훈까지 놀랄 정도였고, 화면에 보이는 라온에 있던 사람들도 웅성거렸다.

―빨간색 없어. 팬티 칠해야 해. 빨간색.

그냥 봐도 잘 그린 그림에 색을 칠하겠다는 말에 누군가가 빨간 사인펜을 갖다 주었고, 로빈은 다시 고개를 숙이고 색을 칠하기 시작했다.

정훈은 아무 말 없이 미소를 머금고 기다려 주었고, 윤후는 그런 정훈을 보며 이마를 긁적였다.

어릴 때라 기억은 잘 나지 않지만 정훈이 얼마나 고생했을지 눈에 선했다.

정훈의 미소만 바라볼 때, 정훈이 윤후의 시선을 느꼈는지 피식 웃으며 조용히 말했다.

"아들은 더했어. 아빠 목소리가 안 나올 정도로 노래를 불러달라고 그랬거든. 하하!"

윤후는 머쓱한 웃음만 보였고, 정훈도 따라 웃고는 윤후의 등 뒤를 고갯짓으로 가리켰다.

"로빈 그림 그리는 데 집중하게 슈퍼맨이나 연주해 봐. 슈퍼맨 알아?"

"네, 알아요. 잠시만요."

윤후는 미소를 짓고 기타를 가져왔다. 그러고는 정훈을 한 번 쳐다보며 기타를 안고 슈퍼맨을 떠올리는 듯 눈을 감았다.

잠시 후 눈을 뜬 윤후는 곧장 기타에 손을 얹었다.

평소대로라면 개방현을 튕겼을 테지만 로빈에게 방해가 될까 봐 조용히 기타 줄을 쓰다듬고 연주를 시작했다.

윤후가 연주를 시작하자 화면 뒤로 분주하게 움직이는 사람들이 보였다.

루아의 방송을 위해 온 제작진일 테지만, 윤후는 신경 쓰지 않고 연주를 했다.

그러자 그림을 그리고 있던 로빈이 고개를 들어 올렸다.

—슈퍼맨인데… 슈퍼맨 아닌데?

로빈은 잠시 갸웃거리고는 다시 손을 바쁘게 움직였다.

하지만 잠깐이었고, 곧장 다시 색을 칠하기 시작했다.

로빈이 하는 말에 윤후의 연주를 듣고 있던 사람들이 고개를 갸웃거렸다.

분명 슈퍼맨의 테마곡이었는데 특유의 웅장함 대신 잔잔함이 느껴졌다.

금관악기로 시작되는 기존 OST와 달리 기타로만 이뤄진 연주 때문이라고 생각했다.

정훈은 윤후가 연주하는 모습을 보며 기특한 얼굴로 미소를 지었다.

그러고는 자신에게 자리를 양보하느라 화면 밖으로 나와 있는 윤후를 향해 캠을 돌려주자, 로빈의 등 뒤로 얼굴을 가득 들이미는 모습이 보였다.

―손… 봐. 지금까지 기타 하나로 연주한 거였어?

다들 침을 삼키며 윤후의 연주를 지켜봤다.

연주를 하던 윤후는 로빈이 한 말에 내심 놀랐다. 슈퍼맨이면서 슈퍼맨이 아닌 곡을 연주하고 있었다.

로빈이 슈퍼맨의 광팬으로 항상 듣고 있기에 기존과 다른 느낌을 쉽게 알아챈 것이다.

연주는 끊임없이 이어졌고, 로빈이 다시 고개를 들고서야 멈췄다.

꽤 오랜 연주인 탓에 윤후가 손이 살짝 저려 주무르는데 로빈이 그림을 카메라에 들이밀었다.

"와……!"

윤후는 진심으로 감탄했다. 그림은 하늘을 날아가는 슈퍼맨은 물론이고 뒤로 작은 건물들까지 그려져 있었다. 루아가 말한 대로 그림을 정말 잘 그려 감탄할 때 로빈이 말했다.

—슈퍼맨인데 슈퍼맨 아니에요. 아닌데… 뭐예요? 슈퍼맨이 아니에요.

두서없는 질문이었지만 윤후는 알아듣고 미소를 지었다.

"슈퍼맨인데 슈퍼맨이 아니야. 슈퍼맨의 꿈이거든."

다른 사람들은 윤후가 또 노래를 마음대로 편곡해서 연주했다고 생각했다. 감탄한 얼굴로 볼 때, 로빈의 엄마가 놀란 듯이 말했다.

—아, 익숙하다 했더니 우리 루아 노래였구나. 로빈, 누나 노래 들어봤지?

—어, 들어봤어요. 슈퍼맨보다 별로예요. 두 번째로 좋아요. 슈퍼맨 첫 번째!

—맞죠, 우리 루아 노래?

로빈 엄마의 물음에 윤후는 고개를 끄덕였다.

베이스로 'Dream'의 코드를 깔고 그 위에 웅장함이 가득한 슈퍼맨 OST를 연주했다.

그러다 보니 연주를 오래해도 멀쩡한 손이 저린 것이다.

"맞아요."

윤후가 대답하고 웃자 로빈의 엄마가 미소를 지으며 로빈의 손을 잡았다.

—정말 슈퍼맨의 꿈이네? 그럼 우리 로빈이가 슈퍼맨이네?

—아니에요. 누나 노래니까 누나가 슈퍼맨. 우리 누나 슈퍼맨이에요.

로빈이 루아가 슈퍼맨이라며 자리에서 일어나 신난 얼굴로 사무실을 뛰어다니자, 사무실에서 조용히 웃음소리가 들렸다.

*　　　*　　　*

며칠 뒤, '솔로 예찬'의 이번 주 방송이 끝나고 다음 주 방송의 예고에 윤후의 모습이 잠시 비췄다.

윤후가 연주하는 모습과 로빈이 그림 그리는 모습도 나왔고, 그와 동시에 기사가 쏟아졌다.

〈루아, 동생이 부끄럽지 않아요〉

〈동생에게만큼은 슈퍼맨. 오랜 비밀을 밝히다〉

슈퍼맨은 남자인데 여자인 루아의 기사에 슈퍼맨이라는 글이 상당히 많이 붙었다.

아직 방송에 나오지 않았음에도 이미 방송에 나온 듯 기사가 나왔다. 대부분이 다음 주 방송에서 확인하라는 말이었지만.

로빈과 통화를 한 날 루아에게 고맙다는 전화를 받았고, 그날 회사로 팩스가 도착했다. 아무것도 모르는 앤드류는 라온에서 왜 슈퍼맨 그림을 보냈는지 알아봤고, 김 대표에게 전후 사정을 전해 들었다.

앤드류는 윤후에게 별다른 말을 하지 않았지만, 앞으로 이런 경우에는 먼저 얘기를 해달라고 하고 넘어갔다.

그리고 지금 소파에 누워 있는 윤후의 손에는 비록 원본이 아니지만 로빈이 보낸 그림이 들려 있었다.

"정말 잘 그렸어. 그림 쪽으로 나가면 좋을 거 같은데… 로빈 엄마가 많이 신경 써줘야겠다."

옆에 있던 정훈의 말에 윤후는 고개를 끄덕거렸다. 누구보다 로빈 엄마의 마음을 잘 이해하고 있을 것이다.

윤후는 며칠 전 로빈을 보며 느낀 마음을 정훈에게 꺼내놓았다.

"많이 힘드셨어요?"

"응? 뭐라고? 아들 키우는 데 힘들었냐고?"

"네, 그랬을 거 같아서요."

"힘들긴, 그냥 아들이 태어나고부터 지금까지 행복하지."

정훈은 본인이 말하고도 머쓱한지 괜히 윤후의 어깨를 툭

쳤다. 윤후도 마찬가지였기에 피식 웃었다.

"그 사람들 덕분에 아들이 이렇게 변해서 고맙지. 참, 아들, 얘기할 거지?"

윤후는 무슨 얘기를 한다는 것인지 단번에 알았다. 이미 마음을 먹었기에 고개를 끄덕이자 정훈이 조심스럽게 물었다.

"언제 얘기하려고?"

"앨범 나올 때… 앨범 보여주면서 하려고요. 그 안에 전부 들어 있으니까요."

정훈도 좋은 생각이라는 듯 고개를 끄덕이더니 조심스럽게 의견을 꺼내놓았다.

"아빠 생각에는 따로따로 하는 것보다 다들 모인 자리에서 하는 게 좋을 것 같아. 믿기 힘든 얘기인 만큼… 혼자서 듣는다면 더 믿기 힘들 것 같아."

"어떻게 그래요? 지금은 옆에 은주 아줌마밖에 없잖아요."

"부르면 되지. 경비 어르신은 아빠가 김 대표님께 따로 말해볼게. 그리고 론은 가깝잖아. 제이 씨야 부르면 곧장 올 테고. 안 그래?"

윤후는 담담히 고개를 끄덕거리고 있었지만, 모두가 모인 상태에서 얘기를 꺼낼 생각을 하니 벌써부터 가슴이 두근거렸다.

*　　　*　　　*

앤드류는 앨범 진행 상황을 전하려 아파트를 방문했다.

최근 바빠서 며칠 동안 오지 못해서인지 굉장히 반기는 윤후의 모습에 어리둥절했다. 어색하기도 하고 좋기도 한 기분으로 앤드류는 얘기를 꺼냈다.

“이제 앨범은 완성되었습니다. 세 곡이 마저 풀리고 그다음 주에 발매될 예정입니다만, 일주일 전 마지막 곡인 ‘어때?’가 발표될 때 앨범 사전 예약을 받을 예정입니다. 예약으로 신청한 음반에는 센트럴파크에서 촬영한 영상과 광고 영상을 촬영한 메이킹 필름이 추가될 예정입니다.”

“그럼 삼 주 뒤에는 제 앨범이 나오는 건가요?”

“네, 완성된 앨범은 다음 주에 나옵니다. 판매가 늦을 뿐이죠.”

윤후는 앨범이 나오면 바로 활동하기로 했다.

그리고 영혼에 관련된 얘기를 하려고 마음먹었지만, 어떻게 시간을 내야 할까 고민했는데 자연스레 거기에 대해서는 고민할 필요가 없어졌다.

하지만 그들을 초대해야 하기에 그 부분에 대해서는 앤드류와 의논해야 했다.

"발매되면 바로 활동하죠?"

"네, 토크쇼는 한 번뿐입니다. 나이트 토크쇼는 인지도가 굉장히 높기 때문에 도움이 되리라 판단되었습니다."

"네, 그럼… 앨범 예약 시작되면 저도 활동하나요?"

"아닙니다. 지금처럼 계시면 됩니다. 준비는 저희 몫이니까요."

윤후는 고개를 끄덕이고 앤드류를 바라봤다.

"저… 부탁이 있는데요."

"네, 말씀하시죠."

"앨범이 나오면 제가 먼저 다섯 장만 살 수 있어요?"

"네?"

"줄 사람이 있거든요."

자신의 앨범을 산다는 말에 앤드류는 어이가 없었다.

앨범을 줄 사람들은 미국에서 친한 사람이 없으니 한국에 있는 사람들로 생각되었다.

"한국에서도 발매됩니다. 저희보다 시간이 빠르니 더 먼저 공개됩니다."

"그런 게 아니라요, 손님을 초대할 생각이거든요."

"어떤 손님을 말씀이십니까?"

제대로 말할 수는 없었지만 그래도 누구를 초대해야 하는지는 앤드류도 알아야 한다고 생각했다. 그렇기에 윤후는 조심스럽게 입을 열었다.

"론, 은주 아줌마, 에델, 제이 형, 그리고 한국에 있는 몇몇 분을 초대하려고 해요."

"라온 김 대표님 초대하시려는 겁니까?"

"아니요. 경비 할아버지이신데… 그분 덕에 '스마일'을 만들었거든요."

"아, 그렇군요."

앤드류는 고개를 끄덕였다. 나머지 네 사람은 자신도 본 적이 있었다. 그리고 그중 론과 에델을 만나고 윤후가 곡을 만든 것을 옆에서 직접 봐왔다.

충분히 이해가 된 앤드류는 잠시 태블릿 PC를 꺼내 스케줄을 확인하고 입을 열었다.

"알겠습니다. 음반 발매 일주일 전이 적당할 것 같습니다. 앨범도 그때 맞춰 준비해 드리도록 하겠습니다. 다만… 음반을 SNS에 인증하는 등의 그런 일은 없어야 합니다."

"네, 조심할게요."

"그럼 다른 분들은 제가 연락처를 아는데 경비분은 연락처를 모릅니다. 알려주시겠습니까?"

"왜요?"

"한국에 계신 분 아닙니까? 회사에서 초청하는 것으로 하겠습니다. 그편이 오실 분이나 후 씨 모두 편할 것입니다."

거절하려던 윤후는 경비 할아버지를 떠올렸다. 좀 더 편안하게 올 수 있도록 해주는 것이 좋겠다고 생각하고는 곧장 앤드류에게 번호를 알려주었다.

"라온 대표님께는 제가 직접 말할게요. 그게 편해요."

"네, 알겠습니다. 그래도 제가 확인은 해야 하니 연락은 하게 될 겁니다."

윤후는 이해한다는 듯이 고개를 끄덕였다. 그러고는 언제나 자신의 일을 최우선으로 생각하는 앤드류를 보며 고개를 숙였다.

"감사합니다."

*　　　*　　　*

윤후의 전화를 받은 김 대표는 경비실을 지나 주차장에서 하염없이 서성였다.

그런 김 대표의 머릿속은 윤후에게 들은 얘기로 혼란스러웠다.

윤후가 십 년 동안 함께한 영혼들의 얘기를 가족들에게 꺼내는 것은 찬성이었다.

하지만 곧 있으면 윤후의 앨범이 나오고 활동을 시작할 텐데 혹시나 심적으로 동요가 있진 않을까 걱정되었다.

자신이 본 윤후와 관계된 사람들이 좋은 사람들이라는 것은 알지만, 가족과 관계된 일이기에 어떻게 받아들일지 쉽사리 예상할 수가 없었다. 혹시나 그 사람들 모두가 윤후를 원망이라도 한다면 큰일이었다.

자신이 아는 바로는 윤후에게 있어서 가장 소중한 사람들이었다.

그런 사람들에게 미움을 받는다면 윤후는 무너질 수도 있었다.

그 얘기를 아는 사람이라고는 대식과 자신뿐이었기에 미국에 있는 대식에게 전화를 걸었다.

—헬로, 미스터 킴.

"이 자식이. 킴 같은 소리 하네."

—온니 잉글리쉬. 플리즈.

"야, 됐고, 할 말 있어서 전화했어."

한동안 영어로 대꾸하던 대식은 김 대표가 꺼낸 말을 듣고서야 진지해졌다.

—그건 대표님이 판단할 게 아니쥬. 그놈도 대굴빡 깨지게 고민혔을 텐데. 안 그려유?

"그래도 그 판단이 잘못된 판단이라면?"

—그럼 어쩔 수 없쥬. 그럼 윤후가 언제까정 속이는 기분으로 살아야 혀남유? 괜히 걱정 마셔유. 그놈 속 깊은 거 아

시잖아유.

김 대표도 머리로는 그것이 맞는다고 생각하면서도 걱정스러움에 의논을 한 것이다.

하지만 대식마저 이렇게 말하니 알겠다고 고개를 끄덕였다. 전화를 끊은 김 대표는 지금쯤 MfB에서 이진술에게 전화를 했을 걸로 생각하며 하염없이 주차장을 서성거렸고, 잠시 후 경비실 문이 열리고 이진술이 나왔다.

"어르신!"

"하하, 아까부터 서성거리시고 계시던데 무슨 걱정 있으신가요?"

"아, 아닙니다."

김 대표를 먼저 걱정한 이진술은 잠시 뜸을 들이더니 입을 열었다.

"좀 전에 윤후 군이 있는 회사에서 미국 뉴욕으로 초대한다고 연락이 왔어요. 대표님도 알고 계신다고 하더군요."

"네, 저도 들었습니다."

"윤후 군에게 무슨 일이 있는 건가요? 대표님도 아니고 저를 찾는다고 해서……."

김 대표는 자신이 먼저 물어보고 이진술의 반응을 보고 싶었다. 하지만 대식이 말한 대로 윤후가 힘들게 결정했으리란 생각 때문에 그러지 못했다.

그런 김 대표는 어색한 웃음을 지으며 과장된 몸짓까지 하며 입을 열었다.

"그렇죠? 치사한 놈. 키워준 은혜도 모르고. 하하! 나도 미국 가고 싶은데!"

"하하, 같이 가시죠."

"에이, 그냥 한 말입니다. 요즘 바쁜 거 아시잖아요. 윤후 앨범에 '스마일' 실리는 거 아시죠? 그래서 어르신을 초대한 것 같습니다."

"그런가요? 이미 충분한데… 뭘 또 그렇게까지……."

"그러지 말고 휴가라고 생각하고 다녀오세요. 가서 아드님도 뵙고 하시죠."

"그래도 되는지……."

이진술은 그렇지 않아도 제일 먼저 든 생각이 아들이었다.

예전에 아들의 무덤을 찾아가 달라고 윤후에게 부탁하긴 했지만, 언제나 늘 가슴 한구석에 아프게 박혀 있는 아들이었기에 보고 싶은 마음이 컸다.

이진술이 결정한 듯 고개를 끄덕이자 김 대표는 미소를 짓고 조심스럽게 입을 열었다.

"어르신, 윤후가 어르신을 참 좋아하네요."

"하하, 감사하게도 그러네요. 먼저 다가와 주고. 알고 보니 형님과 인연도 있었고요. 윤후 군 덕분에 형님에게 쌓인 오해도 풀리고… 이번에 윤후 군 만나면 제대로 고맙다고 해야겠어요."

"그렇습니까?"

"그럼요. 덕분에 마음에 남아 있던 형님에 대한 원망이 사라졌는걸요. 우리 형님이 계셨다면 윤후 군을 엄청 예뻐했을 것이 분명합니다."

"형님이라는 분이 윤후를 좋아할까요?"

"좋아하죠. 좋아하고말고요. 기타 만드는 걸 보면 같이 살자고 할지도 모릅니다. 하하!"

미소를 짓고 있는 이진술의 얼굴에서 진심을 본 김 대표는 정말 다행이라는 듯 한숨을 내쉬었다.

다른 사람은 몰라도 이진술만큼은 윤후를 이해해 줄 것 같았다.

기분이 좋아진 김 대표는 걱정이 사라진 얼굴로 입을 열었다.

"하하하, 어르신, 이번에 미국 가시는 비용은 전부 회사에서 내드리겠습니다. 비행기 티켓은 퍼스트클래스는 아니더라도 비즈니스 정도로. 편안하게 다녀오시죠."

"아이고, 아닙니다, 아닙니다."

"하하, 괜찮습니다. 부담 갖지 않으셔도 됩니다."

"아니… 그런 게 아니라… 윤후 군 회사에서 일등석으로 준비해 준다고 하더군요."

김 대표는 윤후를 걱정한 적이 있었나 싶을 정도로 지금 자신을 초라하게 만드는 윤후가 얄미웠다.

*　　　　　*　　　　　*

6월의 마지막 날, '어때?'를 끝으로 회색이던 'Imperfect'가 모두 검은색으로 바뀌었다. 윤후와 함께 찍은 사진이 벽에 빼곡하게 붙어 있는 MfB의 사무실은 모든 직원이 정신을 차리지 못할 정도로 바쁘게 움직이고 있었다.

윤후의 팀만으로는 부족해 다른 부서에까지 도움을 요청해야 할 정도였다.

다름 아닌 윤후의 앨범이 예약을 받기 시작했기에 일어난 일이었다.

오늘 시작되었지만 반응이 천천히 올라오는 미국은 물론이고 광고를 내보낸 모든 나라의 사이트가 마비될 지경이었다.

단지 일주일 뒤에 나오는 앨범과 차이점이라고는 뉴욕에서 한 공연 영상과 광고 메이킹 필름이 추가되었다는 점이다.

불과 10분도 안 되는 영상이지만, 패키지로 판매되는 앨범에 영상이 있고 없고는 팬들에게 큰 차이였다.

지금도 예약하는 사람이 계속 늘고 있었고, 회사에서 예상한 것을 훨씬 상회하는 숫자였다. 오늘 하루만 예약을 받기 때문에 몰려든 것이기는 해도 눈에 보이는 숫자에 앤드류는 자신도 모르게 침을 꿀꺽 삼켰다.

현재 단일 음반 판매량 1위는 누적 판매이기는 해도 1억 400만 장이라는 어마어마한 숫자였다.

무려 30년 전에 나온 마이클 잭슨의 '스릴러'였고, 사람들은 앞으로도 깨지기 힘들 기록이라 말하고 있었다. 그런데 지금 자신의 눈에 보이는 숫자는 당장은 아니더라도 언젠가는 분명 그 기록을 넘을 것 같았다.

700만 장.

예약 판매인 데다 그 예약을 받은 것도 불과 몇 시간밖에 되지 않았다. 그리고 그 속도는 앤드류마저 겁이 날 정도로 빠르게 늘고 있었다.

MfB에서 생각한 총 판매량은 4,000만 장이었다. 현재 빌보드 최장 기간 1위를 목전에 두고 있었고, 그 인기를 바탕으로 추산한 수였다.

하지만 이대로 간다면 예약만으로 예상 판매량을 넘어설 것 같았다.

한국의 상황은 더욱 심각했다.

예약으로 구매 신청을 한 숫자만으로도 벌써 백만 장을 돌파했다. 일주일 뒤 앨범이 발매해도 살 사람이 없을 것처럼 예약 신청이 늘고 있었고, 그에 한국의 기사는 온통 윤후에 대한 얘기뿐이었다.

〈최장 기간 빌보드 1위, 과연 성공할까?〉
〈신드롬을 넘어선 광기는 아닐까?〉
〈최단 기간 백만 장 돌파〉
〈빌보드 1위의 위엄. 전 세계를 호령하다〉
〈애국 청년, 한국의 이름을 드높이다〉

어떻게든 모든 걸 윤후와 엮었다. TV에서는 온통 윤후에 대한 얘기가 가득했다.

한국에서 윤후에 대한 방송을 내보내기 위해 MfB에 연락을 해대는 통에 더욱 바쁘게 만들었다.

따로 촬영하지도 않고 기존 한국에서 활동하던 영상들을 모아서 방송을 한다는 것이었다. 홍보할 필요도 없을 정도였다.

특별히 한국만 그런 건 아니었다.

다소 차이가 있지만 다른 나라에서도 윤후의 앨범에 대한 기대가 상당했다.

전 세계적으로 음반 시장이 회복되고 있다고는 해도 예전만큼은 불가능했다. 하지만 자신들이 들은 음악은 소장할 가치가 있다고 판단한 사람들 덕분에 그 불가능하다고 판단한 것이 무색해질 정도였다.

그리고 그만큼 윤후의 노래는 대단했다. 현재 연주곡인 '빈센트'와 아직 발표하지 않은 'Thank you'를 제외하고는 모든 곡이 음원 차트의 순위에 올라 있었고, 10위 안에 세 곡이나 자리하고 있었다.

그것만 보아도 충분히 소장할 만한 가치가 있는 앨범이었다.

팀원들을 지휘하던 앤드류의 휴대폰이 울렸다. 휴대폰을 확인하자 전화가 아니라 알람이라는 것을 확인하고 시계를 쳐다봤다.

시간 가는 줄도 모르게 바빴지만, 윤후가 부탁한 일이 있기에 앤드류는 사무실 식구들에게 양해를 구하고 자리에서 일어섰다.

*　　　*　　　*

퍼스트클래스 덕분에 매우 편안하게 뉴욕에 도착한 이진술은 한글로 자신의 이름이 적힌 피켓을 들고 있는 사람을 발견했다.

손을 흔들며 다가가자 곧바로 상대방이 인사를 건넸다.

"안녕하세요."

한국말로 건네는 인사에 이진술은 미소를 지으며 말했다.

"영어로 하셔도 됩니다. 부족하지만 의사소통은 가능하거든요."

"아, 그렇습니까? 전 앤드류입니다. 가시죠. 차를 준비했습니다."

이진술은 미소를 지으며 앤드류를 따라나섰다. 그리고 앤드류가 준비한 차에 올라탄 이진술은 과분한 대접을 받는 것 같아 약간 부담스러웠다.

차가 출발하자 앤드류가 입을 열었다.

"삼십 분 정도 뒤에 도착합니다. 숙소는 후 씨가 머무는 아파트 아래층입니다."

"아, 네, 감사합니다.

마치 자신이 스타라도 되는 듯한 응대 때문에 이진술은 별다른 말을 하지 않고 창밖을 봤다.

뉴욕에 와본 적은 없지만, 그래도 미국 땅이라는 휴스턴에 살았기에 반가운 마음이 들었다. 그리고 창밖을 보자 앤드류의 극진한 대접을 더 받지 않아도 돼서 마음이 한결 편안해졌다.

그때 빌딩이 높게 선 거리로 들어섰고, 이진술은 창밖으로 보이는 풍경에 눈이 동그래졌다.

"윤후 군 아닙니까?"

"네, 후 씨 맞습니다."

앤드류는 자랑스럽게 말했고, 이진술은 굉장히 놀라며 창밖을 봤다. 건물에 붙어 있는 전광판마다 윤후가 보였다.

모든 전광판은 아니었지만 건물 하나 건너 하나는 되어 보였다.

D—6. Imperfect.

Im이 반짝거리며 보였다가 안 보이기를 반복하고 있었다. 이진술이 놀라고 있을 때, 한국에서 기사로 접한 타임스퀘어 전광판에 팬들이 선물한 영상이 보였다.

뉴욕의 맨해튼이 온통 윤후를 위한 도시처럼 보였다. 그러자 이진술은 이런 사람을 자신이 만나도 되는 건가 싶은 생각이 들었다.

차가 이동할수록 점점 부담감이 커졌고, 허드슨강이 보이는 아파트에 차가 멈춰 서자 그 생각이 더욱 심해졌다.

굉장히 고급스러워 보이는 아파트의 외관에 잘못 온 것 같다는 생각이 들었다.

"올라가시죠. 15층입니다."

이진술은 멈칫했지만 기왕 여기까지 온 김에 윤후의 얼굴만이라도 보고 빨리 가야겠다고 생각하며 엘리베이터에 올랐다.

잠시 후 15층에 도착했고, 앤드류가 벨을 누르는 모습이 보였다. 그럼에도 이진술은 이동하면서 봐온 것들 때문에 그저 괜히 온 것만 같은 생각이 들었다.

그때 아파트 문이 열렸다. 그리고 익숙한 정훈의 얼굴이 보였다.

"어! 오셨어요, 어르신! 들어오세요! 윤후야, 어르신 오셨어!"

정훈이 큰 소리로 말하자 창가 쪽의 소파에서 머리 하나가 나왔다. 윤후였다. 예전과 다르게 자신을 엄청 환한 미소로 반겼다.

말은 잘했어도 저렇게까지 밝은 미소를 지은 적 없는 윤후였다. 이진술도 걱정하던 것을 잊을 정도의 밝은 미소였다.

윤후가 환한 미소를 지은 채 자신에게 뛰어왔다.

"할아버지!"

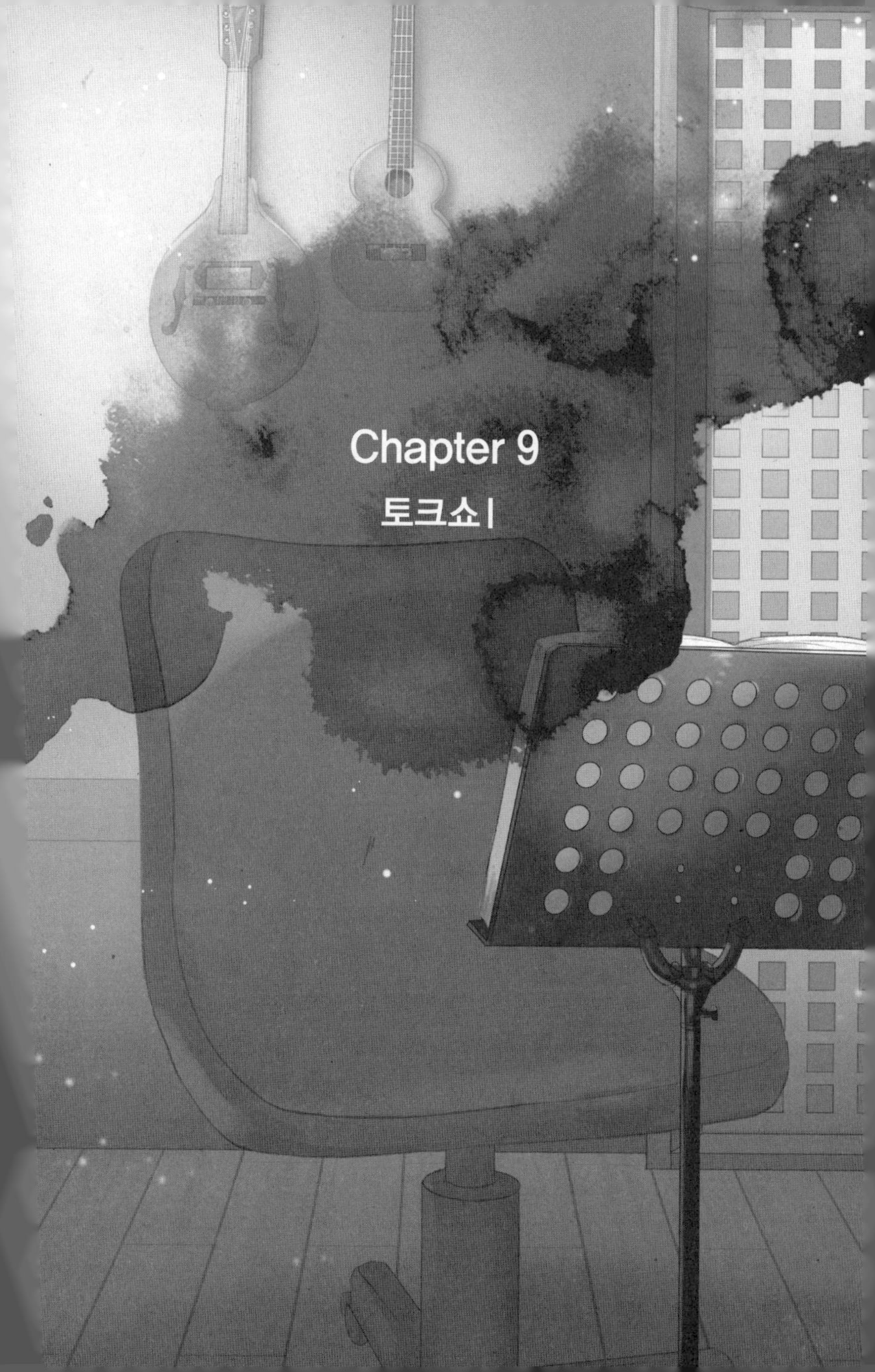

# Chapter 9

## 토크쇼 I

이진술은 자신의 손을 잡으며 반갑게 맞아주는 윤후의 모습을 확인하고서야 전혀 변하지 않았다는 것을 느꼈다.

안 본 사이에 표정이 한결 자연스러워졌고, 그 자연스러운 표정으로 거짓 없는 반가움을 표현하고 있었다.

"아들, 어르신 손 좀 놓고 들어오시게 해. 계속 밖에 서 있을 거야?"

"아! 할아버지, 들어오세요."

이진술이 거실로 들어서자 익숙한 얼굴이 보였다.

"오셨어요?"

"아, 제이 씨도 계셨네요."

"전 어제 왔어요. 할아버지도 오실 줄 알았으면 같이 올 걸 그랬네요. 여기 앉으세요."

소파에 앉아 제이는 자기가 집주인이라도 되는 듯 옆에 있는 은주부터 이진술에게 소개했다.

한국에서 잠깐 인사를 한 적이 있었기에 두 사람은 가볍게 인사를 나누었다.

세 사람이 대화하는 사이 앤드류가 윤후를 조용히 부르더니 들고 올라온 박스를 건넸다.

"회사 일이 바빠서 전 이만 가봐야 할 것 같습니다. 이건 후 씨 앨범입니다."

"바쁘신데… 감사합니다."

이미 하루 종일 전화로 보고한 탓에 앤드류가 자신 때문에 바쁘다는 것을 알고 있었다.

그런 와중에도 자신의 일을 봐주는 앤드류였기에 윤후는 진심으로 감사 인사를 건네고 건네받은 박스를 열었다.

부탁한 대로 비닐을 뜯지도 않은 다섯 장의 앨범이었다.

"시중에 판매될 앨범이니 유출되지 않도록 주의해 주시길 부탁드립니다."

윤후가 고개를 끄덕이자 앤드류가 볼일을 다 봤다며 곧바로 인사를 건넸다.

"그럼 내일 오겠습니다."

앤드류를 배웅한 윤후는 거실에서 대화를 나누는 세 사람을 바라봤다.

아직 에델과 론이 오지 않았지만 하나둘 모이고 앨범까지 손에 쥐고 있자 얘기를 꺼내야 할 시간이 다가왔음이 느껴져 가슴이 두근거렸다.

*　　　*　　　*

에델은 데뷔가 얼마 남지 않아 레슨과 관리를 받느라 바빴기에 늦게 도착했다. 그래도 서둘러 온 탓에 다행히 늦지 않아 거실로 들어서며 안도의 한숨을 뱉었다.

"오늘 아빠가 요리해요?"

"하하, 그래. 기대해도 좋아. 최강의 레시피!"

"알았어요! 기대할게요!"

여전히 정훈에게 아빠라고 부른 에델은 장난스럽게 윙크를 하며 거실로 향했다. 그리고 그런 에델을 제일 반겨주는 사람은 역시 제이였다.

"와우, 뷰티풀!"

에델은 제이의 칭찬에 미소로 답하고 가볍게 손을 흔들며 인사했다.

"안녕?"

"어! 어! 그래, 안녕! 한국말 잘하네!"

제이는 잇몸까지 보이도록 웃으며 인사했고, 에델은 제이에게만이 아니라 은주에게도, 처음 보는 이진술에게도 인사를 건넸다.

"안녕?"

"에델, 엄마가 어른한테 인사할 때는 '안녕하세요'라고 하는 거라고 알려줬잖아."

"아, 맞다! 안녕하세요?"

이진술은 기분이 좋은지 미소를 보이며 같이 인사를 했다. 에델의 한국말 덕분에 분위기가 좀 더 편안하게 변했다. 제이만은 에델에게 눈을 떼지 못하고 있었다. 그러다가 고개를 갸웃거리며 윤후의 귀에 대고 조심스럽게 속삭였다.

"너… 에델이랑… 아니지?"

"뭐가요?"

"아니, 아버님하고 아줌마한테 엄마 아빠라고 부르니까… 혹시… 어? 아줌마하고 아버님하고……."

"아니거든요? 그냥 그 말이 편해서 그렇게 부르는 거예요."

윤후가 설명을 해주고 나서야 제이는 다행이라며 안도의 한숨을 뱉었다. 어떻게 말을 꺼내야 할까 고민하느라 다른 대화가 들리지 않았는데 제이의 말도 안 되는 질문 덕분에 긴장이 좀 풀린 것인지 다른 사람들의 대화가 귀에 들어왔다.

모인 사람들의 공통점이라고는 자신뿐이다 보니 전부 자신에 대한 얘기였다.

뉴욕 거리가 온통 윤후로 도배되어 있다는 말을 시작으로 며칠 후면 앨범과 함께 데뷔할 에델을 격려해 주는 말까지.

윤후가 익숙한 기분이 느껴질 만큼 모인 사람들 모두 영혼들처럼 계속 자신에 대한 얘기만 끊임없이 하고 있었다.

그리고 그때, 마지막으로 론이 도착했다.

* * *

정훈이 직접 준비한 음식으로 저녁 식사를 마쳤다.

거창한 음식이 아닌 한국의 집에서 자주 먹던 쇠고깃국, 구운 고등어 등이었다.

다소 빈약할 수 있는 식사임에도 초대받은 사람들은 모두 맛있게 식사를 마쳤다.

"커피? 홍차? 우유? 뭐로 드시겠습니까?"

정훈의 질문에 은주가 장난스러운 미소를 지었다.

"풀코스인데요? 음, 그렇다면 전 셰프 추천으로요!"

"하하, 그럼 제 마음대로 가져오겠습니다."

정훈은 차를 준비하겠다고 말하며 준비되었냐는 듯 윤후를 바라봤다. 그러자 윤후가 말없이 고개를 끄덕이고 자리에서 일어나 방에 놔둔 상자를 들고 나왔다.

갑자기 상자를 들고 나온 윤후의 모습에 모두의 시선이 윤후에게 향했다.

그사이 정훈이 준비해 온 차를 모두의 앞에 놓았다.

윤후는 들고 온 상자를 탁자 밑에 내려놓고 뚜껑을 열었다. 그러고는 자신의 앨범만 꺼내 탁자에 올려놓고 자신을 보고 있는 사람들을 한 명씩 바라봤다.

"너 어제부터 왜 그래? 처음 볼 땐 엄청 반가워하더니 그 이후론 계속 고민 있는 얼굴이네."

하루 먼저 도착한 제이만 느낀 것이 아니었다. 모인 사람들 모두가 비슷하게 느끼고 있었다.

처음 반가워하던 것과 다르게 고민이 있는 얼굴이었다.

머뭇거리는 윤후의 모습에 정훈이 윤후의 옆에 서더니 윤후의 등을 쓰다듬었다.

"사실 오늘 준비한 음식들도 이유가 있어요. 제일 자신 있는 요리이기도 하지만… 어르신이나 은주 씨, 제이, 론, 에델까지 모두 관련이 있는 음식입니다."

다들 이해하지 못한 얼굴이었고, 물꼬를 튼 정훈 덕분에 윤후는 고개를 끄덕거리며 탁자에 올려둔 앨범을 들었다. 그러고는 자리에서 일어나 직접 한 명씩 앨범을 건넸다.

"이거 앨범 아니야? 아직 발매 안 됐던데."

"맞아. 나도 오늘 예약했는데, 다음 주 발매라고 했는데?"

다들 신기한지 앨범을 보고 있을 때, 윤후가 다시 그들을 둘러보며 잠시 숨을 골랐다.

그러고는 그들을 향해 고개를 꾸벅 숙였다.

"감사하고, 죄송합니다."

"뭐가? 윤후, 왜 그래?"

갑자기 진지해진 윤후의 말에 다들 의아한 얼굴이었다.

"사실… 제가 말하지 못한 것이 있어요. 일찍 말했어야 하는데… 쉽게 용기가 나지 않았어요."

다들 윤후의 진지한 얼굴에 아무런 말도 없이 조용히 지켜봤다.

"제가 11년 전부터 작년까지, 그러니까 십 년 동안… 앞에 계신 분들의 가족들과 함께했어요."

다들 알아듣지 못할 소리에 고개를 갸웃거렸다. 그럼에도 윤후의 진지한 얼굴 때문에 질문을 하지 않고 윤후의 다음 말을 기다렸다.

"어느 날 갑자기… 제 머릿속에… 여러 사람의 목소리가 들리기 시작했어요. 이건술 할아버지, 유동호 아저씨, 배성철 아저씨, 에릭 아저씨, 그리고 딘까지… 다섯 명이었어요.

직접 자신들을 소개했거든요. 제가… 자폐증을 앓고 있어서 그랬는지는 몰라도… 처음에는 그냥 시끄럽다고만 생각했어요."

"잠깐만, 윤후야. 무슨 소리를 하는 거야? 우리 아빠는 십 년 전에 돌아가셨는데……."

론이 말을 더듬으며 질문하자 모두가 같은 마음인 탓에 윤후의 대답을 기다렸다. 이해한다는 듯 고개를 끄덕인 윤후가 마저 입을 열었다.

"병원에서는… 제 안에서 스스로 만들어낸 인격일 수도 있을 거라고 하더라고요. 다중 인격. 저도 그렇게 생각했어요. 그런데 아니었어요."

윤후는 말을 끊고 잠시 이진술을 바라봤다.

"가족에 대한 얘기는 없으셨어요. 그래서 가족이 있을 거라고는 전혀 생각하지 못했어요. 그런데 처음 알게 된 건… 경비 할아버지 덕분이었어요. 이건술 할아버지… 저를 많이 아껴주셨어요. 기타 만드는 것을 알려주신 것도 이건술 할아버지였고요. 기타 할배가 기타에 'Life'라고 적는 것도 십 년 동안 같이 있어서 알았어요. 저한테도 기타에 생명을 불어넣는다며 그렇게 알려주셨거든요."

"우리 형님이… 십 년 동안 유령으로… 윤후 군과 같이 있었다는 말인가요?"

이진술은 말도 안 되는 얘기에 쉽게 믿기지 않았다.

하지만 윤후의 얘기를 들으면 들을수록 머릿속으로는 이해가 되었다.

어떻게 그렇게 형에 대해 잘 알고 있었으며, 형이 만든 기타와 같은 느낌을 주는지.

윤후의 말이 이어졌다. 십 년 동안 같이하며 배운 것들과 나눈 얘기들을 꺼냈고, 마지막으로 함께 만든 곡에 대해 꺼내놓았다.

"제가 라온에서 처음으로 낸 앨범 수록곡… 약속이 이진술 할아버지와 함께 만든 곡이에요. 그리고 그다음에 만든 곡이… 스마일이고요."

"아……."

그러자 말없이 윤후의 얘기를 듣고 있던 은주가 떨리는 목소리로 물었다.

"그럼… 혹시… 성철 씨와 만든 곡……."

은주는 스스로 얘기하면서도 윤후와 남편이 함께했다고 믿는 자신이 우스웠는지 말을 멈췄다.

"'너라서 좋았어'… 가 배성철 아저씨와 만든 곡이에요. 아줌마가… 제 곡에서 '빈센트'만큼 좋아하시던 곡……."

"아……."

모두가 윤후의 미니 앨범에서 좋아하는 곡이 있었다. 왠지 모르게 마음이 가는 곡이었는데 그 곡들이 자신들에게 하는 말이었을 줄 생각도 못 했다.

윤후의 얘기가 이어질수록 식탁에 앉은 사람들은 어떻게 받아들여야 할지 몰랐다.

그렇다고 윤후가 자신들의 소중한 가족으로 장난을 칠 아이는 아니었다.

자신들만큼이나 윤후도 소중하게 생각하고 있는 것을 느꼈고, 그렇기에 윤후와 가까워질 수 있었다.

한참을 얘기하던 윤후는 말을 마치고 모두를 바라봤다.

"저는… 즐거웠어요. 고마웠고요. 그리고… 모두가 한꺼번에 사라졌을 땐… 지금 계신 분들에겐 죄송하지만… 아쉬웠어요. 그리고 그분들의 흔적들을 찾아 만났을 땐… 다시 즐거웠고요."

윤후의 진심 어린 말에도 각자의 생각에 잠겨 말이 없었다. 그러던 중 이진술이 자리에서 일어섰다.

윤후는 어떤 반응이 나오더라도 받아들이겠다고 생각했지만, 막상 이진술이 일어서자 가슴이 두근거렸다.

자신에게 다가오는 이진술의 얼굴을 차마 보지 못하고 고개를 숙였다.

"윤후 군, 힘들었겠어요. 우리 형님 성격이 보통이 아닌데… 평생을 기타만 만들다 보니 사람들하고 친하지도 못했는데 그런 형님과 함께하느라 고생 많았겠어요. 그리고 고마워요. 우리 형님의 친구가 되어줘서."

사람들은 그동안 윤후를 봐오며 느낀 것들이 떠올랐다.

다른 사람들을 대할 때와 자신들을 대할 때 확연히 다른 윤후였다.

거기에 이진술의 말까지 더해지자 많은 생각이 들었다. 그리고 론이 생각을 마쳤는지 자리에서 일어섰다.

"윤후, 난 오히려 고마워. 네 덕분에 아빠가 날 원망하지 않는다는 것도 알았고… 그 덕에 지금 다시 사진 공부도 하고 있잖아. 우리 아빠가… 조금 무서웠을 텐데… 힘들었겠네."

론의 말이 끝나자 에델도 슬금슬금 일어섰더니 윤후에게 다가왔다.

"사실… 난 잘 기억 안 나. 그래도… 우리 오빠랑 같이 있어줘서 고맙고… 지금 내 오빠가 되어줘서 고마워. 그러니까 미안해하지 않아도 돼."

원망받을 준비가 되어 있던 윤후는 오히려 자신을 위로하는 말들에 가슴이 울컥했다.

그래도 아직 남아 있는 사람들이 있기에 꾹 참고 있었고, 그때 은주가 일어서 다가오더니 윤후를 노려봤다.

윤후는 어느 정도 예상한 듯 이해한다며 고개를 끄덕였

다. 은주에게 원망을 말을 들을 준비를 하고 입술을 깨무는데 은주가 윤후의 팔뚝을 살짝 꼬집었다.

"너는… 너는… 아줌마한테 말을 했어야지! 그렇게 매일 붙어 있는데! 지금은 괜찮고?"

"네? 네……."

"그래, 성철 씨는 잘 지냈어? 어땠어?"

남편의 안부를 묻는 은주의 말에 윤후는 자신이 할 수 있는 최선을 다해 설명했다.

잘 때 가끔씩 자신의 몸을 이용한다는 말을 할 때는 정훈의 도움을 받아가며 숨김없이 모든 걸 털어놓았다.

"모두가 좋은 분이셨어요. 그분들 덕분에 제가 이렇게 가수도 할 수 있고 자폐증도 나을 수 있던 것 같아요. 감사하고 있어요."

모두가 선 채로 윤후를 둘러싸고 있었지만, 제이만은 식탁에 앉아 있었다.

혼자 무엇을 생각하는지 표정이 그다지 좋아 보이지 않았다. 모두가 제이의 말을 기다리고 있었기에 보다 못한 이진술이 입을 열었다.

"제이 군, 윤후 군에게 한마디 해주지 그래요."

"아, 네, 뭐……."

제이는 일어서더니 터벅터벅 윤후에게 다가왔다. 그러고는 곧장 입을 열었다.

"축하해."

"……?"

"뭐야? 이거 아니야? 계속 영어로 얘기하니까 하나도 못 알아듣겠잖아. 영어 공부를 하든지 해야지. 뭔데?"

*　　　*　　　*

윤후와 함께 지냈다는 영혼들 때문인지 식탁에 앉은 사람들에게 유대감이 생겼다. 그리고 윤후는 소파에 앉아 제이에게 아까 한 얘기를 다시 한국어로 설명 중이었다.

똑같은 말이라고 해도 제이 한 사람에게 꺼내놓고 있으니 더욱 긴장되었다.

하지만 제이는 그다지 신기해하는 얼굴이 아니었다. 제대로 듣고 있는 것인가 싶었다.

"그러니까 네가 귀신에 씌었다는 거야? 그것도 우리 형?"

"귀신까지는… 아니고요."

"참… 너도 인생에 굴곡이 많구나."

제이는 피식 웃으며 식탁에 있는 사람들을 한번 쳐다보고는 다시 윤후를 보며 말했다.

"그런데 난 좀 예상했어. 솔직히 처음에는 우리 형이 살아 있는 건 아닐까 하는 생각이 들 정도였거든. 어떻게 우리 형이 한 말도 그대로 하고 형이 말한 완성형 보컬 같은 게 너 같기도 하고. 마치 옆에서 가르친 것 같더라고. 그게 아무리 너리고 해도 하루아침에 되는 게 아니거든."

"……."

"게다가 전에 너 촬영 중에 갑자기 마이크 그려서 보여줬을 때는 엄청 놀랐어. 어떻게 그걸 알고 그리는지 엄청 궁금하더라. 알 수가 없었거든. 형이 그걸 들고 병원에 갔을 리도 없고… 네가 우리 집에 왔을 리도 없는데… 정확하게 알아보니까."

"그때 왜 안 물어보셨어요?"

"무섭잖아. 너 같으면 안 무섭겠냐? 엄청 무섭지. 난 네가 귀신 씌었구나 했다니까. 근데 그게 우리 형일 줄이야. 하하하!"

어느 정도 예감했다는 제이의 말에 윤후는 적잖이 당황했고, 제이는 그런 윤후를 보며 피식 웃었다.

"우리 형, 잘 갔냐?"

"네, 잘 갔을 거예요."

"그래, 다행이다."

잠깐의 침묵 이후 제이는 윤후에게 어깨동무를 했고, 윤후도 이번만큼은 피하지 않았다.

"야, 우리 형 수제자. 우리 형 이름에 먹칠하지 않게 무대 잘해! 다음 주부터 활동이지?"

장난스럽게 말한 제이의 목소리가 컸는지 식탁에 있는 사람들도 윤후를 응원했다. 윤후는 모두를 둘러보고 힘차게 고개를 끄덕였다.

"잘할게요. 가르쳐 주신 만큼… 잘하겠습니다. 감사해요."

*　　　　　*　　　　　*

며칠 뒤, 제이는 일본 활동을 마무리 지어야 하기에 먼저 출발했지만, 다른 사람들은 전부 남아 있었다.

그리고 가족 같은 분위기 때문에 론은 바쁜 와중에도 저녁마다 강의가 끝나는 대로 윤후를 찾아왔다.

"론, 엄마가 강의 끝나도 사람들이랑 얘기도 하고 그러라고 했지? 그런데 또 곧바로 오면 어떡해. 친구도 없다면서."

"히히, 오늘만요. 오늘은 자고 갈 거예요."

론도 에델과 마찬가지로 은주를 엄마라고 불렀고, 은주도 싫지 않은지 자청해서 스스로를 엄마라고 칭했다.

머리 색만 다를 뿐이지 한 가족이 된 듯한 모습이었다.

"할아버지, 저 왔어요. 윤후야, 나 왔어."

앤드류가 아파트 아래층에 숙소를 마련해 주었지만, 모두가 윤후의 아파트에 모여 있었다. 마치 학교에라도 다녀온 듯 인사를 건네며 자연스럽게 소파에 앉는 론이었고, 이진술은 물론이고 에델까지 자연스럽게 받아들이고 있었다.

"나 오늘 자고 내일 갈 거야."

"왜? 아침부터 수업 있잖아."

"내일 너하고 에델이 부른 노래 공개되잖아."

윤후는 피식 웃었다. 이미 여기 있는 사람들이 직접 라이브로 들어봤다. 그래서 론이 말하는 게 단지 함께 있고 싶어 하는 핑계처럼 들렸다.

"그리고 내일! 내 이름이 전 세계 뉴스에 나오는 날이야!"

론의 말대로 'Lon'이 현재 16주 1위로 최장 기간 1위 기록과 타이 기록이었다.

그리고 내일 발표되는 빌보드 순위에 따라 그 기록이 깨지고 새로운 기록이 세워지느냐가 달렸다.

하지만 론은 이미 확실하다고 믿고 있는 듯 보였다.

"내일 녹화 몇 시지?"

"세 시."

"아, 진짜 아쉽다. 앤드류 씨만 아니면 나도 방청 갈 텐데. 내가 가도 되느냐고 물어봤더니 방 빼고 싶으면 오라고 그러더라."

아쉬워하는 론의 모습에 윤후는 피식 웃었다. 윤후도 다섯 명 모두를 데리고 가고 싶었지만, 각자 일이 있었기에 그럴 수 없었다. 그래도 첫 공연만큼은 모두가 함께하기로 약속했기에 아쉬움을 달랬다.

"그 사람, 엄청 웃기거든. 그래서 내가 그 사람이 하는 나이트 토크쇼를 엄청 좋아해."

한국에서처럼 음악 방송을 생각하던 윤후는 앤드류에게 첫 활동이 토크쇼라는 얘기를 듣고 적잖이 당황했다.

하지만 한국처럼 따로 음악 방송이 없다는 것을 알고는 이해하며 수긍했다.

물론 편집이 될까 걱정이 되긴 했지만, 앤드류가 해준 말이 큰 위안이 되었다.

말을 못 해도 괜찮고 안 웃겨도 괜찮다며 그저 노래를 들려주면 된다고 했다.

앤드류의 격려와 지금 옆에 있는 사람들의 따뜻함에 윤후는 당장 내일 방송에 나간다는 긴장감이 전혀 없었다.

그리고 그때, 정말 가족처럼 느껴지는 은주의 말이 들렸다.

"론, 에델, 할아버님이랑 아버님 모시고 와. 식사 준비 다 됐어."

"네!"

* * *

다음 날, 윤후는 아침부터 소리치는 론의 목소리에 잠에서 깼다. 론은 그것만으로는 부족했는지 정훈까지 깨웠고, 잠시 현관문을 열고 나갔다가 오더니 이진술과 은주까지 데리고 들어왔다.

다들 론이 왜 깨웠는지 알기에 기대되는 얼굴을 하며 따라왔고, 거실에 놓인 노트북 앞에 모였다.

그러자 론이 노트북을 들어 올리며 윤후에게 큰 소리로 말했다.

"17주 1위! 축하해!"

대단한 위업에도 솔직히 별 감흥이 없는 윤후였지만, 론의 축하가 기분 좋은지 씨익 웃었다.

론, 론, 론, 론, 로온. *변하지 않길*

론은 직접 노래를 불러가며 윤후를 축하했고, 윤후가 하는 율동을 흉내 내기까지 했다.

그러자 다들 론의 모습에 미소를 짓고 윤후에게 축하를 건넸다.

한편, 한국은 저녁이 다 되어갈 무렵 빌보드 차트가 갱신

되자마자 미리 준비한 기사가 쏟아지기 시작했다.

〈깨지지 않을 것만 기록을 깨다〉

〈전설을 깨고 새로운 전설이 되다〉

〈12곡의 전설이 담긴 음반, 품절〉

〈또 다른 기록을 쓰다. 당일 판매량 150만 장〉

윤후의 정규 앨범이 같은 날 발매되었기에 미국보다 시간이 빠른 한국에서 먼저 판매되기 시작했다.

거의 백만 장이 넘는 예약에도 불구하고 음반 시장은 윤후 덕에 뜨겁게 불타고 있었다.

사람들의 입에 계속 오르내리다 보니 궁금한 것도 있었지만, 애국 청년이라는 이미지 덕분에 한국에서 윤후를 싫어하는 사람이 없을 정도였다.

게다가 빌보드의 기록을 깬 곡이 담겨 있는 앨범이다 보니 앨범을 구매하려는 사람이 넘쳐났다.

그리고 윤후가 미국에 있는 지금 최대 수혜자는 라온이었다. 각종 매체에서 윤후와 조금이라도 연관이 있는 사람이라면 무조건 인터뷰를 요청했다.

윤후와 인연이 있는 사람은 거의 다 라온에 속해 있었다.

라온에 속해 있는 모든 뮤지션이 각종 매체에 노출되었다.

윤후가 프로듀싱한 OTT와 FIF는 물론이고 아직 데뷔도 안 한 다즐링과 현재 한국 음원 차트의 1위를 차지하고 있는 루아까지 모두가 인터뷰에 응했고, 그들 모두가 윤후를 자랑스러워했다.

그리고 일본에 있는 제이 또한 말할 것도 없었다. 방송 중에 윤후와 통화까지 하며 친분을 과시한 덕에 그 효과를 톡톡히 보고 있었다.

한국에선 왜 통화를 안 했냐며 일부 팬들에게 욕을 먹긴 했지만.

그런 사람들이 모두 회사에 나와 있었다. 인터뷰 때문도 있었지만 MfB의 앤드류가 부탁했다.

윤후가 토크쇼에 출연하는데 한국 출신인 만큼 한국 친구들과 영상통화를 하는 장면이 있다고 알렸고, 모두가 미국의 유명한 토크쇼에 얼굴을 비추려 모여 있었다.

아직 몇 시간이 남아 있었지만 전부 벌써부터 들떠 있는 모습이었다.

"야야, 너네 너무 꾸몄어. 좀 자연스럽게 못하냐? 방송 하루 이틀 해?"

김 대표는 직원들과 소속 가수들을 구박하면서도 얼굴에는 미소가 걸려 있었다.

*　　　*　　　*

토크쇼 출연을 위해 녹화장으로 이동하는 윤후는 앤드류에게 끝없는 설명을 들어야 했다.

앤드류는 며칠 전 자신이 말한 대로 토크쇼에 대한 얘기는 일절 없었고, 오로지 앨범에 대한 얘기였다.

어차피 지금 들은 얘기를 내일 또 들어야 할 것을 아는 윤후는 창밖으로 고개를 돌렸다.

예전에는 경호원만 따라다녔는데 지금은 커다란 트레일러까지 행렬에 붙었다.

트레일러에는 홍보라도 하려는 듯 'Perfect'라는 글이 커다랗게 쓰여 있었고, 뒷면에는 'Who'라고 적혀 있었다. 게다가 경호원 수도 배로 늘어 있었다.

경호 차량이 붙는 것만으로도 시선이 쏠릴 텐데 커다란 트레일러 탓에 지나가던 사람들이 모두 사진을 찍어댔다.

윤후의 불편한 기색을 느낀 앤드류가 곧장 설명했다.

"후 씨의 전용 트레일러입니다. 한국과 달리 대기실이 따로 없는 경우가 많습니다. 촬영 장소에 공용 트레일러가 있긴 하지만 좀 더 편안하게 지내시도록 회사에서 준비한 것입니다."

"네……."

그러는 사이 촬영 장소에 도착한 윤후는 앤드류의 안내로 트레일러로 향했다.

리허설조차 없다는 얘기에 잠시만 있으라며 안내해 준 트레일러의 문을 연 윤후는 고개를 돌려 앤드류를 바라봤다.

그러자 앤드류는 들어가라는 듯 어깨를 으쓱하며 미소를 지었다. 윤후의 표정만 봐도 마음에 들어 하는 것이란 걸 알았다.

"와, 이동식 녹음실이에요?"

"네, 녹음실을 제일 편안하게 생각하셔서 이렇게 꾸며봤습니다. 실제로 사용 가능하고 녹음까지 가능합니다. 지금은 기본 설정입니다. 그리고 추후에 작업할 때 편한 대로 설정하시면 됩니다."

"네!"

윤후는 트레일러가 무척이나 마음에 들었는지 급하게 걸음을 옮겼다.

대기실처럼 치장할 수 있는 공간도 있었지만, 그런 곳은 눈에 들어오지 않고 오로지 녹음 장비만 살폈다. 앤드류가 말한 대로 어떤 곳과 비교해도 편안하게 지낼 수 있을 것 같았다.

그렇게 녹음 장비를 하나하나 설정하느라 시간 가는 줄 모르고 있을 때, 촬영을 시작한다는 알림을 받았다. 무척이나 아쉬워하며 나서는 윤후의 모습에 앤드류는 말없이 혼자 미소를 지으며 따라나섰다.

세트장에 도착하니 앤드류가 말했다.

“리허설은 저희가 뺀 것입니다. 평소처럼 자연스럽게 질문에 답하시면 됩니다.”

윤후가 고개를 끄덕일 때, 스태프가 세트장으로 들어가라고 손짓했다. 문을 열고 세트장으로 들어서니 요란한 박수 소리가 들려왔다.

“최고의 인기 스타, 레전드 오브 레전드 Who!”

휘파람까지 불어대며 환영하는 소리에 윤후가 목덜미를 긁적이며 걸음을 옮기자, 환호를 지르던 객석에는 웃음이 터져 나왔다. 그런 관객들과 함께 웃고 있던 사람이 윤후에게 다가왔다.

“나이트 토크쇼에 오신 걸 환영합니다. 전 존 스웨인입니다. 아시죠?”

모르고 있던 윤후는 그제야 가운데 서 있는 정장을 입은 사람이 MC라는 걸 알았다.

앤드류에게 아무것도 전해 듣지 못한 데다 토크쇼를 보지 않았기에 처음 보는 얼굴이다.

윤후가 무대에 놓인 소파로 안내받아 소파에 앉자 정면에 익숙한 얼굴들이 보였다.

그제야 윤후는 미소까지 보이며 손을 흔들었다. MC는 누구한테 인사하는지 궁금해하며 윤후가 보고 있는 쪽을 보며 물었다.

"아는 분들이 오셨나요?"

윤후는 미소를 지으며 이진술과 정훈, 그리고 은주에게 다시 손을 흔들며 말했다.

"가족이에요."

* * *

윤후는 앤드류가 말한 대로 그저 솔직하게 대답했다. 그런데도 방청객은 놀라워하며 믿을 수 없다는 반응을 보였다.

"그럼 'Lon'을 하룻밤 만에 만들었단 말인가요?"

"네, 밤에 만들기 시작해서 아침에 완성했으니까… 가사를 좀 오래 썼거든요."

"그럼 이번 앨범에 나오는 곡들도 대부분 그 정도 시간이 걸렸나요?"

"아니요. 그런 건 아닌데… 더 빨리 쓴 것도 있고 오래 걸린 것도 있고요."

"제일 오래 걸린 건 얼마나 걸렸나요?"

윤후는 생각해 보지 않은 질문인 탓에 쉽게 대답하지 못했다. 잠시 생각하고 입을 열었다.

"11년 정도 걸렸네요."

"…네? 그럼 기어 다닐 때부터 만들었단 말인가요? 하하하!"

윤후는 음악 감독 아저씨와 함께 만든 '빈센트'를 떠올리며 대답했지만, MC는 그저 윤후가 농담을 한다고 생각하며 웃었다.

"반나절에 비하면 엄청난 공을 들인 곡이네요. 그 곡은 제목이 뭔가요?"

"빈센트요."

"아, 빈센트! 알죠. 하하! 11년의 세월이 담겨 있어서인지 인기가 상당하죠. 혹시 모르시는 분들이 있을 수도 있는데 한번 들려주시겠습니까?"

자연스러운 진행에 윤후는 고개를 끄덕였다. 그러자 옆에서 이동식 무대가 레일을 타고 들어왔다.

MC가 윤후에게 무대를 가리켰고, 윤후는 고개를 끄덕이며 원래가 피아노곡이었기에 기타가 아닌 건반에 자리했다. 연주를 하려고 손을 올리는데 자신을 보고 있는 가족들이 보였다.

윤후는 미소를 짓고 은주를 가리켰다.

"한 남자가 사랑하는 사람에게 자신의 마음을 표현하는

노래입니다. 빈센트."

예전에 은주가 장난스럽게 한 말을 기억하고 있던 윤후는 은주에게 손을 흔들고 연주를 시작했다. 은주는 마치 빈센트에게 고백이라도 받은 듯 얼굴이 빨개졌다.

빈센트 특유의 밝으면서 장난스럽게 들리지만 마음을 편안하게 만들어주는 느낌이 방청객을 휘감았다.

그 느낌에 방청객들은 고개를 다 같이 끄덕거렸고, 그 모습을 담던 카메라 감독까지 고개를 끄덕였다. 그리고 그 끄덕거림은 윤후의 연주가 끝날 때까지 계속되었다.

윤후의 연주가 끝나자 처음 등장할 때보다 더 요란한 환호성이 울렸고, MC도 기분 좋은 미소를 지으며 윤후를 다시 소파로 안내했다.

"굉장하네요. 우리가 알아본 바에 의하면 Y튜브에서는 오히려 'Lon'보다 통합 조회 수가 높다고 하던데, 아셨나요?"

"네, 그래서 투어에서 빈센트를 부를 때 가사 붙인 분들하고 같이 무대에 설 예정이에요."

"와우! 재밌어 보이는데요?"

자연스럽게 투어에 대한 홍보까지 연결했다. 그렇게 한참을 얘기했고, MC는 다시 윤후의 노래로 넘어왔다.

"'Lon'이 17주라는 기록을 세우며 기존 머라이어 캐리의 기록을 깨버렸는데요. 그 'Lon'이 실제 론이라는 사람을 보고 만들었다고 하던데 맞나요?”

“네, 맞아요.”

“하하, 이렇게 쉽게 얘기해 주실 줄이야. 그럼 혹시 지금 전화 통화 가능한가요?”

진행 순서였지만 윤후는 알지 못했다. 앤드류가 사실 윤후에게 아무것도 알려주지 않은 이유가 여기에 있었다.

론이나 그 뒤에 준비된 통화를 미리 알고 있었다면 윤후의 성격상 전혀 놀라지 않을 것이고, 미리 알고 있었다고 말할 것이 분명했다.

그렇다고 미리 알려준다고 론과 사전에 얘기할 윤후도 아니었다. 그래서 앤드류는 차라리 윤후의 원래 모습대로 솔직하게 나오는 편이 좋다고 판단했다.

“지금 몇 시예요?”

“3시 13분이네요.”

“그럼 괜찮겠네요. 수업 끝났을 거예요.”

MC 존은 다소 과한 제스처를 취하며 놀란 듯했다.

“학생인가 보군요.”

“음, 사진을 공부하고 있어요.”

그러고는 제작진에게 받은 휴대폰으로 전화를 걸었다. 모르는 번호여서인지 한참 동안 신호가 울렸고, 안 받을 것 같은 찰나에 연결되었다.

—여보세요?

"론, 나야."

—후? 윤후야? 뭐야? 이 번호 뭐야?

"응, 나 방송 중이야."

전화를 걸자마자 곧바로 방송임을 밝히는 윤후 때문에 MC나 제작진은 상당히 당황했다. 좀 더 자연스럽게 재밌는 통화가 연출됐으면 했는데 이미 글러 보였다.

—어? 나이트 토크쇼? 지금 방송 중이라고?

"어. 너한테 전화해 보래서."

—오 마이 갓! 그럼 옆에 존 스웨인이 있다고? 진짜?

MC는 자신의 이름에 과장되게 눈을 크게 뜨며 어깨를 으쓱거렸다.

"어… 맞을걸. 존 스웨인 씨 맞죠?"

이름을 확인하는 윤후 덕에 방청석에서 웃음이 터졌고, 그 소리를 들은 론은 그제야 방송임을 믿었다.

—존 스웨인이라니… 정말 팬이에요.

윤후는 MC의 팬이라는 론의 말에 피식 웃고는 전화를 MC에게 건넸다. 이상한 상황이었지만 존은 전화를 받았다.

론은 무척이나 놀란 듯 말을 더듬었다. 그러자 MC가 미소를 지으며 장난스럽게 말했다.

"이 친구의 반응으로만 보면 내가 후보다 더 인기 스타 같은데요? 하하하! 론 씨는 후를 언제 봤습니까?"

—오늘 아침이요. 어제 윤후네서 자고 아침에 바로 왔거든요.

"오, 굉장히 친하신가 보네요. 그런데 그런 친구가 슈퍼스타에다가 전설을 써 내려가는데 오히려 절 보고 놀라시다니 장난치시는 거죠?"

—아, 그런 건 아니고요…….

전화 너머의 론은 잠시 말을 멈추고 입맛을 다시는 소리가 들리더니 말했다.

—윤후는… 친구니까요. 인기 있으면 좋긴 해도 친구를 신기하게 보진 않잖아요?

그 말 한마디에 윤후의 얼굴에 미소가 가득 번졌다.

Chapter 10
토크쇼II

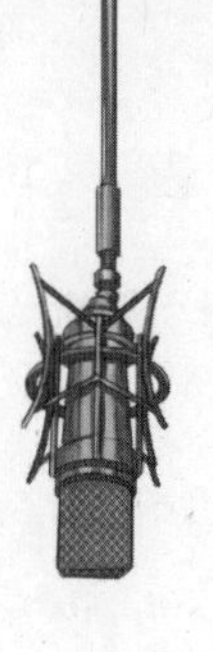

몇 없는 윤후의 인간관계가 론의 대답 덕분에 굉장히 좋게 포장되었다. 그것이 끝이 아니라는 듯 곧이어 나이트 토크쇼에서 준비한 것이 남아 있었다.

"세계에서 가장 있기 있는 가수이신데 실감이 나시나요?"

"집에만 있어서 정확히는 모르는데 TV나 라디오에 자주 나오는 거 보면 인기 있는 거 같아요."

"하하, 농담도 잘하시네요. 많은 나라에서 인기가 있지만 그중 본인의 나라에서는 어떨 거 같나요?"

"한국이요? 음, 기사를 보면 인기 있는 거 같아요."

"하하, 그래서 좀 더 확실하게 확인해 보려고 직접 한국의 소식을 준비했습니다."

윤후는 한국 기사를 많이 봤음에도 다른 때보다 관심 깊게 화면을 봤다.

"후 씨가 유행시킨 한국어가 있죠? 그걸로 다 같이 말해볼까요?"

존 스웨인이 세 손가락을 펼친 뒤 하나씩 접었다. 그러자 방청석에서 모두 알고 있다는 듯 큰 소리가 들렸다.

"안녕!"

윤후도 미소를 지으며 화면을 봤고, 화면에서 대답하듯 '안녕'이라는 말과 함께 익숙한 얼굴들이 보였다.

"…어?"

단지 영상일 거라 생각했는데 화상 연결이 된 탓에 약간 놀랐다. 그리고 그 대상이 익숙한 얼굴들이었다. 윤후의 놀란 반응을 본 MC는 만족한 듯 미소를 지으며 소개를 부탁했다. 그러자 화면에 제일 앞에 있던 최 팀장이 입을 열었다.

—안녕하세요. 라온 엔터테인먼트입니다. 저희는 후가 한국에 있을 당시의 소속사입니다. 레이블 정도라고 생각하시면 되겠네요.

MC가 소식을 전하는 사이 윤후는 화면에 보이는 사람들을 한 명, 한 명 살폈다.

현재 미국에 있는 대식을 제외하고 라온의 모든 식구가 모여 있었다. 오랜만에 보는 얼굴이기에 반가운 마음도 있었지만, 그보다 작은 화면에 모여 있는 모습에 웃음이 나왔다.

지금 화면에는 나오지 않았지만 윤후가 보기에는 화면에 나오려고 자리싸움이 치열했을 것이 분명했다.

"한국에서 지금 후 씨의 인기가 어느 정도입니까?"

—데뷔하고 지금까지 전혀 식지 않았죠. 미국에 있다 뿐이지 한국에서 활동할 때보다 더 인기가 좋아요.

"후 씨가 한국에서 데뷔를 언제 했죠?"

—일 년 조금 넘었네요.

"와우, 일 년 만에 빌보드를 점령했네요. 후 씨의 인기가 체감될 만한 소식은 없나요?"

론과 다르게 라온에는 미리 연락이 된 모양인지 많은 준비를 한 모습이었다. 설명은 전부 최 팀장이 하고 있고 뒤에 있는 사람들은 긴장한 얼굴로 고개만 끄덕이고 있었다.

그리고 그중 김 대표는 역시 대단했다. 혼자만 자연스럽게 있는 것도 모자라 알아듣지도 못하면서 고개까지 끄덕이며 알아듣는 척하고 있었다. 윤후는 자신도 모르게 피식 웃어버렸다. 그리고 마침 최 팀장의 말이 끝나자 MC가 윤후가 웃는 모습을 보며 말했다.

"왜 웃으셨죠? 같이 웃죠?"

"오랜만에 보는데 하나도 안 변해서요."

"아, 그렇군요. 하하! 그렇게 오래도 아니니까요. 그럼 인사 나눠보시죠."

그제야 윤후는 미소를 지으며 카메라에 대고 손을 흔들었다. 그러자 라온 식구들도 어색한 얼굴로 손을 흔들었다. 윤후가 영어가 아닌 한국어로 말했다.

"다들 로봇 같아요. 편하게 해요. 대표님은 잘하잖아요."

원래 딱딱하고 표정 없기로 유명한 윤후에게 로봇이라는 소리를 들어서인지 다들 표정이 어이없다는 듯 변했고, 김 대표만은 만족한 듯 고개를 끄덕였다.

그리고 한국어로 대화를 해서인지 그동안 입을 다물고 있던 김 대표가 말했다.

—영어로 안 해도 돼? 지금 방송인데?

"알아서 내보내지 않을까요? 대표님이 영어를 못하는데 영어로 할 순 없잖아요."

—하하, 그런가? 답답해서 혼났네.

김 대표의 말에 다들 동의한다는 듯 고개를 끄덕거리며 표정이 조금 편안해졌다.

대신 스튜디오에 있는 MC만 갑자기 나오는 한국어에 당황했다.

방청객들도 마찬가지로 다들 궁금해하고 있었다.

MC가 끼어들었다.

"혹시 영어로 해주실 수 있나요?"

"흠, 저분들 중에 영어 할 수 있는 사람은 앞에 두 분뿐인데요?"

"그럼 두 분하고 대화해 주시면 안 될까요?"

"흠, 그럼 저렇게 다 모여 있을 필요가 없잖아요. 저 보려고 모인 사람들인데."

윤후의 말에 제작진이 그냥 그대로 진행하라고 했다.

그러자 윤후는 자연스럽게 한국어로 대화했고, 오히려 라온 식구들이 자신들이 할 수 있는 영어를 넣어 말하고 있었다.

—우리가… 그러니까 We가 all buy your album. 맞냐?

한국어와 영어를 섞어 말하던 라온의 식구들은 주섬주섬 품 안에 손을 넣었다가 뺐는데 손에 윤후의 정규 앨범이 들려 있었다.

—하하, 베리 굿! 아주 굿이야! 이거 앤드류가 보낸 거 아니고 우리가 직접 산 거다. 나중에 사인 해줘야 해.

"알았어요. 듣기에는 앨범 구하기 힘들었다고 하던데."

—말도 마라. 강유랑 동혁이랑 두식이 셋이 어젯밤부터 줄서서 기다렸다가 사 온 거야. 그것도 못 살 뻔했다더라.

점점 대화가 자연스러워지며 라온 식구들의 얼굴이 풀릴

수록 MC와 제작진의 얼굴은 굳어갔다. 제작진이 MC에게 그만 자르라는 신호를 보냈고, MC는 서둘러 통화를 마무리하자고 전했다.

"나중에 다시 할게요."

—그래. 그런데 어르신은 잘 챙겼어? 로밍을 안 하셨는지 연락이 안 돼.

"네, 지금도 같이 있어요. 잠깐만요."

윤후는 자신을 찍고 있는 카메라맨을 보며 말했다.

"저기… 저분 좀 잠깐 비춰주실 수 있나요?"

카메라가 이진술을 비추자 이진술이 멋쩍어하며 말했다.

"대표님 덕분에 잘 지내고 있습니다. 한국 가서 뵙죠."

이진술은 자신을 향해 몰리는 시선에 부담스러운지 서둘러 인사를 했다. 윤후도 나중에 전화한다고 말하고 연결이 종료되었다. 그러자 MC가 곧바로 질문을 던졌다.

"가족분들하고도 알고 계시나 보네요?"

윤후는 이진술을 가리키며 하는 질문에 윤후는 고개를 끄덕이며 대수롭지 않게 말했다.

"네, 할아버지가 조금 전에 보신 건물을 관리하시거든요."

"아하, 한국에서 엔터 사업을 하셨군요. 이해가 되네요. 그런 할아버지 밑에서 자라서 후 씨가 음악에 쉽게 다가갈 수 있었군요?"

"아닌데요. 경비 보세요."

MC는 혼란스러워하는 얼굴로 윤후와 이진술을 번갈아 봤다.

지금 윤후가 벌어들이는 돈이 얼마일지 상상할 수도 없는데 그런 윤후의 할아버지가 경비라는 말이 쉽게 받아들여지지 않았다.

그러자 방청객에 있던 은주는 역시 윤후라며 웃고 있었고, 정훈은 못 말린다는 듯 고개를 저었다.

그리고 당사자인 이진술이 조심스럽게 손을 올렸다.

그러자 궁금해하던 MC가 직접 마이크를 들고 이진술에게 가더니 바닥에 쪼그리고 앉았다.

"정확히 말하면 친할아버지는 아닙니다. 전 조금 전에 통화한 분들이 계신 건물에서 경비 일을 하고 있습니다. 윤후가 한국에 있을 당시에도 할아버지라 부르면서 친근하게 다가와 주더군요. 그리고 지금 이곳에 있는 이유도 앨범이 나와 들려주고 싶다고 초대해 줘서 여기까지 왔네요. 그런 윤후의 마음이 고맙죠."

은주에게 전해 들은 정훈이 가족이나 다름없다고 정정하려 했지만, 이미 눈치챈 이진술은 고개를 저으며 정훈의 팔을 잡았다.

"저렇게 저를 챙겨주는데 어떻게 안 예뻐할 수 있겠습니까? 그래서 저도 윤후 군을 친손주라고 생각하고 있습니다."

정훈은 윤후가 이진술을 가족처럼 생각하는 것을 알기에 조마조마하던 가슴을 쓸어내렸다. 그리고 이진술의 말에 방청객은 물론이고 MC까지 놀란 듯 윤후를 바라봤다.

"지금 얘기가 사실인가요?"

"사실이긴 한데 가족이라고 생각하고 있어요."

밖에서 지켜보던 앤드류는 이진술의 대답에 감사해했다. 삶을 오래 산 만큼 다른 사람을 어떻게 챙겨줘야 하는지 알고 있는 대답이었다. 주변인의 도움을 받지 않아도 충분했지만, 지금 이진술의 발언은 윤후에게 도움이 될 것이 분명했다. 월드 스타가 전에 있던 소속사의 경비원까지 챙겨주는 모습은 분명 윤후의 인간성을 돋보이게 만들 것이다.

그리고 지금 MC와 방청객들도 스타를 바라보는 눈빛에서 사람이 사람을 보는 눈빛으로 변해갔다.

*　　　*　　　*

촬영은 어느덧 거의 막바지에 이르렀고, 'Lon'과 '빈센트'는 이미 불렀기에 남은 곡은 'Thank you'뿐이었다. 그래서 스튜디오로 에델이 나왔다. 뒤에서 녹화를 지켜본 에델은 나오자마자 정훈이 앉아 있는 쪽을 보며 손을 힘차게 흔들었다.

'Beautiful U.S Girl'이라고 불리는 덕분에 에델을 알아보는 사람이 꽤나 많았다.

그리고 에델은 많은 사람 앞에서 국가를 부른 경험 탓인지 생각보다 긴장하지 않고 대화를 이어나갔다.

그래서인지 윤후를 오빠라고 부르는 탓에 거기에 대해 설명해야 했다.

"정말 특이하네요. 항상 그러시나요?"

"오빠가 쉽게 다가가진 못해도 언제나 진심으로 다가가거든요. 거짓말하는 걸 한 번도 못 봤어요. 오빠, 지금 재밌어?"

에델의 질문에 윤후는 곤란한 듯 대답을 하지 못했다. 그러자 에델이 자기 말이 맞는다는 듯 웃으며 말했다.

"봐요. 거짓말을 못 해요."

녹화를 하면서 윤후의 됨됨이를 알게 된 방청객들은 윤후가 뭘 하든 좋게 보였다.

월드 스타이면서도 꾸밈없는 모습이 마치 자신들에게도 진실 되게 대해줄 것 같은 느낌이 들었다.

그리고 그건 MC도 마찬가지였다.

"재미없다고요? 지금 다들 재밌어하시는 건 안 보이시나요?"

"다는 아니고요, 인터뷰로 한 얘기를 또 하는 부분만 좀 지루했어요."

"하하하, 이건 잘라주고. 그럼 후 씨가 처음 공개하는 것이 있죠? 그럼 안 지루하겠죠? 하하!"

윤후가 알겠다는 듯이 고개를 끄덕이자, 에델이 못 말린다는 듯 윤후의 옆구리를 찔렀다. 그리고 그때, 아까 본 이동식 무대가 레일을 타고 들어왔다.

"그럼 방송에서는 최초 공개입니다. 거짓말을 못 하는 후 씨, 최초 공개가 맞나요?"

"네, 방송으로는 처음이에요."

"보셨죠? 거짓말을 못 하는 후 씨의 보증입니다. 들어보시죠. 'Thank you'."

윤후는 에델과 함께 무대에 올랐다. 먼저 노래를 시작해야 하는 에델이 마이크를 가볍게 두드렸다. 사람들이 무대를 시작하려는 모습에 집중하며 에델을 바라봤다. 하지만 무대는 이미 준비가 끝난 모습인데 들려야 반주가 들리지 않았다. 방청객들이 의아해 바라볼 때 아무런 반주 없이 에델의 목소리가 울렸다.

*두려웠어. 모든 게 낯선 곳에서 혼자 남겨진 내가 무얼 할 수 있을지*

*그리웠어. 너조차 없는 곳에서 그저 밤새 너만 찾고 있었*

*어. 밤새도록*

*그런 나를 감싸준 그 사람, 그런 사람이 있어요*

에델의 목소리가 들리기 시작하자 간간이 화음만 넣는 피아노 소리가 들렸다.

처음 부분이 상당히 어두운 곡이었다. 게다가 에델이 자신의 얘기이므로 그 누구보다 표현이 정확했다.

그 탓에 노래를 듣는 방청객들은 이상하리만큼 마음이 무거웠다. 물론 노래처럼 혼자 남겨진 느낌은 아니었다.

다만 어떻게 표현하는 것이 옳을지 모르는 얼굴로 모두 불편해했다.

그리고 노래가 이어지는 부분에서 드럼이 나오기 시작했다.

그와 동시에 드문드문 들리는 소리가 아닌 제대로 된 피아노 연주가 들렸고, 기타 소리가 더해졌다.

듣는 사람들은 어둡기만 한 노래에서 무언가를 발견하고 다행이라는 듯 표정이 점차 풀리기 시작했다.

그리고 그때였다. 모든 연주가 일시에 멈추고 파워풀한 에델의 목소리만 들렸다.

*This is my heart*

자신의 마음이라는 가사가 끝나기 전 드럼으로 시작해서 연주가 좀 더 힘차게 들려왔다.

*Thank you. 말로 하지 못한 내 마음을 전하려 하네요*

*그대가 보여준 마음 덕분에 난 혼자가 아니라는 걸 느꼈네요*

에델의 노래가 끝나자 방청객들은 숨이 차올랐다. 하지만 노래에 약간이라도 방해가 될까 숨을 제대로 내뱉지 못하고 콧김으로만 거친 숨을 뱉어댔다. 에델의 노래가 끝나고 나서야 자신들이 느낀 불편했던 이유, 가슴이 아픈 이유가 무엇인지 알았다. 보통 다른 노래들은 직접 노래에 감정을 이입하게 만들었다면 이 곡은 처음부터 끝까지 감정이입이 아니라 지금 노래를 부르는 소녀를 머릿속에 그리게 했다.

그래서 곡이 변했을 때 다행이라고 생각했고, 노래에 브레이크가 걸리고 에델이 혼자 말한 'This is my heart' 부분에서는 자신에게 무언가를 말할 것만 같아 두근거리기까지 했다.

그리고 이어진 'Thank you'에서는 모두가 에델이 부르는 노래의 대상이 되었다. 일인칭으로 직접 느껴지는 것이 아닌, 한 아이가 커온 모습을 지켜본 듯 느껴졌다.

방청객들의 마음은 자신들이 돌봐준 것도 아님에도 좀 더 잘해주지 못한 미안한 마음이 들었고, 한편으로는 잘 큰 것만 같아 뿌듯하기까지 했다. 그때 윤후의 목소리가 들렸다.

*두려웠어. 모든 게 낯선 곳에서 혼자 울고 있을 네가 걱정이 됐어*

분명 같은 음이었지만 에델이 처음에 부른 목소리처럼 어둡기만 하지 않았다. 에델과 다르게 힘을 뺀 목소리 탓인지 미안해하는 느낌이 물씬 풍겼다.

*This is my heart*
*Thank you. 직접 말할 수 없는 내 마음을 전하려 하네요*
*그녀에게 보여준 마음 덕분에 조금은 마음이 놓였네요*

노래와 동시에 방청석에서 탄성이 나왔다.

앞에서 에델의 마음 때문에 벅차던 가슴을 돌아보게 만드는 덤덤한 목소리였다. 정말 잘해준 것이 맞는지, 자신들이 이런 인사를 받아도 되나 하는 생각이 들 정도로 진심처럼 들렸다. 노래를 들으면 들을수록 자신들도 모르게 저런 인사를 받을 수 있는 사람이 되길 다짐했다. 그리고 윤후와 에델이 함께 부르는 부분이 지나가고 모든 연주가 멈췄다. 그러자 사람들이 박수를 치려고 할 때, 윤후와 에델이 서로 눈을 맞추었다. 그러고는 노래의 마지막을 장식했다.

*Thank you*

노래가 완벽하게 끝나자 에델은 방청석을 바라봤다. 환호성은 전혀 들리지 않았지만 한 명도 빠짐없이 자리에서 일어나 박수를 보내고 있었다.

그리고 그 박수를 치는 사람들의 얼굴에는 조셉과 자넷에게서 보던 미소가 걸려 있었다.

자신의 마음이 전해진 것만 같은 기분에 에델은 다시 마이크를 입에 대고 떨리는 목소리로 말했다.

"정말… 감사합니다."

『여섯 영혼의 노래, 그리고 가수』 9권에 계속…